Escrita por
Sandra de Souza Camilo

# A menina do véu

# A MENINA DO VÉU

SANDRA DE SOUZA CAMILO

**Edição**

Miguel Ricardo Camilo

ISBN: 978-65-00-79181-5

*Queridos leitores,*

*Quero expressar minha mais profunda gratidão a todos vocês por embarcarem nesta jornada comigo através das páginas de "A menina do véu".*
*Escrever esta história foi uma experiência incrível, e saber que ela agora encontra um lar em seus corações é um presente inestimável.*

*Agradeço por dedicarem seu tempo e energia a esta história, por compartilharem o amor pela leitura e por permitirem que esses personagens e suas jornadas façam parte de suas vidas.*

*Espero que "A menina do véu" tenha tocado seus corações, inspirado reflexões e, acima de tudo, trazido um pouco de alegria à sua vida.*

*Com sincera gratidão,*

*Sandra de Souza Camilo*

# PREFÁCIO

Queridos leitores,

É com grande alegria e humildade que compartilho com vocês a história de "A menina do véu". Esta obra é o resultado de minha paixão pela escrita e minha profunda crença de que as histórias têm o poder de nos tocar, inspirar e nos lembrar da nossa própria humanidade.

"A menina do véu" é uma história que cresceu em meu coração ao longo de anos de reflexão, inspiração e, acima de tudo, amor. É uma história que abraça a complexidade da vida, com todas as suas alegrias e tristezas, e nos lembra da resiliência do espírito humano.

Por meio das páginas deste livro, você será apresentado a Isabella e Maria, duas mulheres cujas vidas são entrelaçadas por laços de família e amizade. Suas jornadas são marcadas por desafios inesperados e momentos de celebração, mas, no cerne de tudo, está a capacidade de encontrar esperança mesmo nas circunstâncias mais difíceis.

Esta história é uma homenagem à amizade verdadeira, à importância da família, à força interior que todos nós possuímos e à resiliência que nos permite superar os obstáculos da vida.

Ao escrever "A menina do véu", mergulhei fundo em minhas próprias experiências, lembrando-me de como as amizades e os laços familiares moldaram minha vida de maneira profunda e significativa. Espero que, ao ler esta história, você também encontre reflexões pessoais e conexões com sua própria jornada.

Esta obra é dedicada a todos aqueles que já enfrentaram desafios, que encontraram conforto na amizade e amor na família, e que, acima de tudo, acreditaram na beleza da vida, mesmo quando as circunstâncias pareciam escuras.

Em "A menina do véu," você encontrará risos, lágrimas e, acima de tudo, a celebração da vida e do poder do espírito humano. Espero que esta história toque seu coração da mesma forma que tocou o meu ao escrevê-la.

Com gratidão e carinho,

Sandra de Souza Camilo

# SUMÁRIO

# Capítulo 1

# HERANÇA DE BELEZA E DOÇURA

Em uma pequena cidade do Espirito Santo, nasceu uma garota chamada Isabella, mas para entender verdadeiramente a origem de sua beleza e doçura, é preciso voltar uma geração atrás, à sua mãe, Maria.

Maria era uma mulher notável, cuja beleza não se limitava apenas à aparência exterior. Ela possuía uma aura de graciosidade que a fazia destacar-se entre todas as mulheres da vila. Seus cabelos negros caíam como uma cascata de ébano sobre os ombros, e seus olhos eram tão profundos quanto um lago tranquilo em uma manhã de verão. No entanto, o que realmente a tornava especial era seu coração puro, repleto de amor e bondade.

Maria tinha uma história única. Ela foi criada por sua avó e tia após a trágica morte de sua mãe no parto. Essas mulheres fortes moldaram Maria, transmitindo a ela os valores de compaixão e empatia desde muito cedo. Sua avó, uma anciã sábia, ensinou-lhe os segredos das ervas medicinais e o poder da escuta atenta. Sua tia, uma artesã talentosa, inspirou Maria a desenvolver sua criatividade e a expressar-se através da arte.

Maria cresceu em um ambiente onde a beleza estava profundamente ligada à bondade. Ela não apenas era linda por fora, mas irradiava uma beleza interior que atraía as pessoas para perto dela. Sua simpatia genuína e seu sorriso acolhedor conquistaram os corações de todos na vila.

Quando Maria deu à luz Isabella, a semelhança entre mãe e filha era notável. A pequena Isabella herdara a beleza de sua mãe e a mesma doçura que a caracterizava. As pessoas da vila olhavam para Isabella como se ela fosse uma extensão da bondade de Maria, uma lembrança viva da mulher amada que partira tão cedo.

Desde o início, Isabella foi tratada como uma preciosidade, uma boneca sensível nas mãos da comunidade. As pessoas temiam que a inveja que tinham sentido por sua mãe também se voltasse para a filha. Portanto, cercaram-na de cuidado e proteção, mas também de amor e carinho.

Os primeiros anos de Isabella foram marcados por uma atenção não desejada e uma preocupação constante daqueles que a amavam. Sua beleza, uma herança de sua mãe Maria, era verdadeiramente excepcional. Seus cabelos lisos brilhavam como ouro ao sol, e seus olhos eram um tom de azul profundo que parecia capturar a própria essência do céu. Cada traço de seu rosto era uma obra de arte, e sua presença causava um silêncio reverente onde quer que ela fosse.

No entanto, essa beleza única a transformou em uma espécie de enigma para a comunidade.

As pessoas não conseguiam evitar fixar seus olhares nela, como se Isabella fosse uma pintura viva em constante exposição. Os sussurros e os olhares indiscretos eram quase incessantes, e Isabella, ainda tão jovem, começou a perceber que era vista mais como um objeto de fascinação do que como uma pessoa com desejos e sentimentos.

Sua avó e tia, que haviam criado Maria com tanto amor, estavam determinadas a proteger Isabella do mesmo destino que sua mãe enfrentara. Elas sabiam que a beleza de Isabella, tão rara e única, poderia atrair a inveja dos outros. Por isso, tomaram medidas extremas para garantir sua segurança emocional.

Isabella cresceu com uma tela de proteção sobre o rosto. Era uma fina camada de cuidado e preocupação que sua avó e tia haviam tecido ao redor dela. Essa tela servia como uma barreira física contra os olhares curiosos e invejosos, mas também como um escudo emocional. Era como se Isabella vivesse em um mundo protegido, onde as atenções indesejadas não podiam penetrar.

Ela se tornou conhecida como a – menina com a tela no rosto–  na vila. Seu rosto estava sempre escondido por trás de um véu delicado, e suas expressões ficavam ocultas daqueles que a cercavam. Era uma vida isolada, e Isabella cresceu com a sensação de que sua verdadeira identidade estava sendo sufocada sob essa tela protetora.

À medida que os anos passavam, Isabella se esforçava para encontrar sua própria voz e identidade. Ela ansiava por ser reconhecida não apenas pela sua aparência, mas pelo que havia em seu coração. No entanto, a sombra da inveja pairava sobre ela, e as pessoas, mesmo sem intenção, continuavam a tratá-la como uma preciosidade delicada.

Ao completar doze anos, Isabella já era uma jovem notável em muitos aspectos. Seu crescimento a havia tornado uma menina alta para sua idade, com um metro e sessenta centímetros de altura. Sua beleza única e aura de mistério a faziam destacar-se ainda mais.

Os rapazes da vila, à medida que cresciam, começaram a notar Isabella de maneira diferente. A fama que ela carregava, não apenas por sua beleza, mas também por sua história de ser cuidada como uma jóia preciosa, a tornava uma figura de curiosidade. Era como se ela fosse um tesouro guardado a sete chaves, e todos queriam ser aquele que conquistaria a honra de desvendar o mistério por trás da tela que escondia seu rosto.

Isabella era desejada por uma parcela significativa dos jovens rapazes da vila. Seus olhares de admiração eram evidentes, e muitos deles sonhavam com a chance de conhecê-la verdadeiramente. Para eles, ela era um enigma a ser desvendado, uma história esperando para ser escrita.

No entanto, quando se tratava das jovens meninas e mulheres da vila, uma sombra de inveja pairava sobre Isabella. Sua beleza singular, sua fama e a atenção que recebia dos rapazes despertavam sentimentos complexos nas outras mulheres. Elas a viam como uma ameaça, uma competição involuntária que roubava os olhares e afeições que normalmente lhes eram direcionados.

Para aproximadamente oito em cada dez jovens do sexo masculino, Isabella era uma figura de desejo e admiração. Mas, ironicamente, para uma porcentagem igual de jovens do sexo feminino, ela era motivo de inveja e rivalidade.

Essa dinâmica complicada criou uma teia de relacionamentos tensos e intrigas sutis na vila. Isabella estava ciente de que sua presença afetava as pessoas de maneira profunda, mas ela ansiava por ser mais do que apenas um objeto de fascinação ou inveja. Ela desejava ser reconhecida por sua verdadeira essência, por seus talentos e seu coração gentil.

# Capítulo 2

# AMIZADES ENVENENADAS

Conforme Isabella crescia, ela estava determinada a encontrar amizades verdadeiras, alguém que a aceitasse pelo que era e não apenas por sua aparência. No entanto, a sombra da inveja continuava a pairar sobre sua vida, tornando a busca por amizades genuínas uma tarefa árdua.

Na infância, Isabella tinha amigas, ou assim ela acreditava. Elas eram as mesmas meninas que costumavam brincar de bonecas e compartilhar segredos. No entanto, a medida que o tempo passava, ela começou a perceber que algo estava errado. Seus olhares de descontentamento eram sutis, mas não passavam despercebidos por Isabella. Às vezes, elas cochichavam quando Isabella se aproximava, e seus sorrisos pareciam forçados.

Isabella era gentil e generosa, sempre pronta a compartilhar seus brinquedos e ajudar seus amigos. No entanto, sua beleza natural despertava sentimentos de inveja e rivalidade nas outras crianças e jovens. Ela notava como suas amigas, de forma sorrateira, começavam a competir com ela em vez de simplesmente compartilhar momentos felizes.

A inveja, como um veneno silencioso, minava as amizades de Isabella. As brigas e desentendimentos se tornaram cada vez mais frequentes. Em vez de apoiá-la, suas amigas pareciam determinadas a diminuí-la e destacar suas próprias realizações. Era como se a luz de Isabella fosse vista como uma ameaça para elas.

O que mais doía era que Isabella não entendia o motivo de tanta hostilidade. Ela era gentil, prestativa e sempre tentava ser uma boa amiga. No entanto, por mais que tentasse, não conseguia escapar das garras da inveja que a cercava.

Sua avó e tia, preocupadas com seu bem-
estar emocional, aconselhavam-na a se manter
firme e não se deixar abalar pelas atitudes
invejosas das outras crianças. Elas diziam a ela
para continuar sendo ela mesma e que as
verdadeiras amizades surgiriam com o tempo.

Mesmo assim, a experiência de amizades
envenenadas deixou cicatrizes profundas em
Isabella. Ela aprendeu desde cedo que nem
todos que se aproximavam dela eram
verdadeiros amigos, e isso a tornou cautelosa em
relação a novas amizades. Ainda assim, a
menina com a tela no rosto desejava
ardentemente encontrar aqueles que a
aceitariam por quem ela era, além de sua beleza
aparente.

O convite para o aniversário de uma de suas
amigas representava uma oportunidade rara
para Isabella, uma chance de se sentir incluída e
aceita entre seus colegas. Ela estava ansiosa para
comparecer e compartilhar momentos felizes
com as crianças de sua idade. A festa prometia
ser uma ocasião especial, e sua amiga, uma das

poucas que não demonstrava inveja de sua beleza, parecia animada com a ideia de tê-la presente.

O dia da festa chegou, e Isabella se preparou cuidadosamente. O véu que ela usava para esconder seu rosto foi deixado de lado, revelando sua beleza única. Ela vestiu o traje que sua amiga havia recomendado, um vestido delicado e simples que combinava com os outros convidados. As meninas tinham sido convidadas a se vestirem de maneira igual e a usarem a mesma maquiagem, uma ideia que, à primeira vista, parecia promissora para Isabella.

Ao chegar à festa, Isabella percebeu que as outras meninas também estavam usando vestidos idênticos e a mesma maquiagem. Ela se sentiu parte de um grupo, algo que raramente experimentava. Era uma sensação de pertencimento que ela tanto ansiava. Por um momento, ela se permitiu acreditar que talvez as amizades envenenadas do passado pudessem ser deixadas para trás.

No entanto, conforme a festa avançava, Isabella começou a notar algo perturbador.

Enquanto as outras meninas riam e brincavam, ela percebeu que algumas delas estavam cochichando entre si, olhando em sua direção de maneira furtiva. O sorriso forçado de algumas parecia esconder algo mais sombrio.

Foi então que uma das coleguinhas se aproximou de Isabella com um pedido aparentemente inocente: – Por que você não coloca o véu de volta, Isabella? Ficaria mais bonito se todas nós usássemos nossos véus.– As palavras eram doces, mas o significado era claro. Elas queriam que Isabella escondesse sua beleza novamente, que se conformasse com a uniformidade que as outras meninas estavam impondo.

O coração de Isabella se encheu de tristeza. Ela havia esperado que essa festa fosse diferente, que finalmente encontraria amigas verdadeiras que a aceitariam como era. Mas a sombra da inveja e da conformidade estava presente mesmo aqui.

Nesse momento, Isabella teve uma escolha a fazer. Ela poderia ceder à pressão e esconder sua beleza mais uma vez, ou poderia defender sua verdadeira identidade. Com determinação, ela olhou nos olhos da coleguinha e respondeu com calma, mas firme: – Eu sou quem sou, e não vou mais esconder isso. Se não posso ser aceita assim, então não pertenço a este grupo.–

Sua coragem deixou as outras meninas surpresas. Algumas ficaram envergonhadas, enquanto outras se afastaram, incapazes de lidar com a autenticidade de Isabella. A festa continuou, mas Isabella aprendeu uma lição valiosa naquele dia: ela não precisava se conformar para ser amada e aceita. Ela podia ser verdadeira consigo mesma e encontrar amizades genuínas que a valorizassem pelo que ela era, não por sua aparência.

A festa de aniversário continuou, mas Isabella não conseguia tirar da mente o comentário maldoso que ouvira das mães das coleguinhas. Cada vez que passavam por ela, sussurravam entre si e a olhavam de maneira penetrante. Pareciam ter um prazer mórbido em compará-la à mãe, como se isso fosse uma ofensa.

No entanto, o pior momento estava reservado para mais tarde, quando uma das mães se aproximou de Isabella com um comentário que ecoaria em sua mente por muito tempo. Em um tom mais alto do que o necessário, ela disse: – Nos livramos da presença da mãe e agora nossas filhas têm a ela como foco onde quer que estejam.– Suas palavras eram cruéis, carregadas de veneno e inveja, destinadas a atingir Isabella diretamente no coração.

O rosto de Isabella queimava de humilhação e tristeza. Ela sentiu como se o chão tivesse desaparecido sob seus pés. A angústia e a dor a envolveram como um manto pesado. Sem dizer uma palavra, ela pegou sua bolsa e saiu correndo da festa, com lágrimas escorrendo por seu rosto.

Correu o mais rápido que pôde até chegar em sua casa, onde se trancou no quarto. Lágrimas amargas de frustração, tristeza e raiva corriam livremente enquanto ela se deitava em sua cama e enterrava o rosto no travesseiro. A sensação de rejeição e o peso da inveja que a cercava eram avassaladores.

Isabella chorou por horas, liberando todas as emoções que haviam sido reprimidas por tanto tempo. Ela estava cansada de ser vista apenas como a filha de sua mãe e de ser alvo de comentários invejosos das outras mães. Mais do que nunca, ela desejava encontrar amizades verdadeiras, pessoas que a aceitassem pelo que ela era e não pela sombra de sua mãe.

Enquanto as lágrimas secavam e a dor começava a diminuir, Isabella percebeu que precisava encontrar forças para continuar sua jornada em busca de amizades genuínas. Ela não podia permitir que a inveja e a crueldade dos outros a definissem. Aquele dia, embora doloroso, marcou um ponto de virada em sua vida, uma determinação de não mais esconder sua verdadeira identidade, mesmo que isso a fizesse enfrentar a inveja e a hostilidade dos outros.

A história de Isabella era uma lição sobre a importância de se manter fiel a si mesmo, mesmo quando o mundo ao seu redor tentava moldá-la de outra maneira. A determinação e a coragem que ela demonstrou naquele dia seriam os alicerces para a mulher incrível que ela estava destinada a se tornar.

# Capítulo 3

# UM DOM INEGÁVEL

Após o episódio traumático na festa de aniversário, Isabella voltou sua atenção para aquilo que a fazia verdadeiramente feliz e a ajudava a escapar das sombras da inveja que a cercavam: sua paixão pela música e pela arte.

Desde muito menina, Isabella demonstrou um talento inegável para a música. Seus dedos delicados eram capazes de extrair notas harmoniosas de um piano com uma facilidade surpreendente. Ela não precisava de aulas formais; a música parecia fluir naturalmente através dela. O som do piano se tornou sua maneira de expressar emoções profundas que muitas vezes eram difíceis de colocar em palavras.

As músicas que Isabella tocava eram como histórias que contavam seus sentimentos mais profundos. Ela criava melodias que transmitiam alegria, tristeza, esperança e desespero, e todos que a ouviam ficavam cativados por sua habilidade de tocar as cordas emocionais. A música se tornou seu refúgio, um lugar onde ela podia ser verdadeira consigo mesma sem medo de julgamento.

Além de sua aptidão musical, Isabella também tinha um talento notável para a arte. Ela descobriu sua paixão pela pintura quando ainda era muito jovem. Seus primeiros rabiscos evoluíram rapidamente para obras de arte impressionantes. Isabella tinha a capacidade de capturar a beleza das coisas mais simples, de transformar telas em janelas para a alma.

Suas pinturas eram uma explosão de cores e emoções. Cada traço era carregado de significado, cada pincelada contava uma história. Suas obras muitas vezes eram uma representação de sua própria jornada, uma maneira de expressar os altos e baixos de sua vida. Eram também uma forma de se conectar com o mundo e com as pessoas de uma maneira que as palavras não podiam.

Enquanto Isabella se dedicava à música e à arte, sua beleza exterior parecia se tornar secundária. Ela não precisava mais esconder seu rosto com um véu, pois a música e a pintura a permitiam revelar sua verdadeira essência de maneira mais profunda do que qualquer aparência física poderia fazer.

Esses talentos naturais de Isabella a ajudaram a superar as dificuldades e os desafios que a inveja dos outros lhe trouxe. Eles se tornaram uma parte fundamental de quem ela era, uma parte que ninguém poderia tirar dela. Eles eram sua voz quando as palavras falhavam, sua luz quando as sombras da inveja ameaçavam obscurecer seu brilho.

Isabella não era apenas notada por seus colegas e amigos por sua beleza singular, mas também por seus professores, que reconheciam seus talentos excepcionais na música e na arte. E

foi um convite especial da professora de artes
que a encheu de alegria e entusiasmo.

A professora de artes viu em Isabella um
talento raro, e sua visão ia além das aparências.
Ela a convidou para ser a protagonista do
espetáculo de final de ano da escola, um papel
que envolveria uma performance multifacetada,
unindo música, atuação, canto e dança. Era uma
oportunidade única para Isabella mostrar todo o
seu potencial e paixão nas artes.

O espetáculo seria uma experiência
emocionante e desafiadora para Isabella. Ela não
apenas tocaria o piano com maestria, mas
também usaria sua voz angelical para cantar
músicas tocantes. Sua atuação a levaria a
explorar diferentes emoções e expressar-se de
maneiras que nunca havia feito antes. E a dança
seria uma forma adicional de compartilhar sua
paixão e sua graciosidade com o público.

A notícia do convite da professora de artes
chegou a Isabella na véspera de seu aniversário
de 13 anos, tornando o presente ainda mais
significativo. Ela estava incrivelmente feliz e

grata pela oportunidade de mostrar ao mundo o que realmente a fazia brilhar: sua arte.

No dia seguinte, em seu aniversário, Isabella se sentiu renovada e inspirada. Ela estava determinada a fazer do espetáculo um sucesso e mostrar a todos que sua beleza era apenas uma parte de quem ela era. Ela tinha dons excepcionais e estava disposta a compartilhá-los com o mundo.

À medida que os ensaios para o espetáculo começaram, Isabella mergulhou de cabeça no trabalho árduo, aprimorando suas habilidades e dedicando-se de corpo e alma à sua performance. Ela sabia que a inveja ainda podia estar à espreita nas sombras, mas estava determinada a brilhar tão intensamente que nenhuma sombra pudesse apagar sua luz.

A notícia da escolha de Isabella como a protagonista do espetáculo de final de ano se espalhou pelo colégio como fogo em um campo de grama seca. Era um anúncio que não apenas surpreendeu a todos, mas também inflamou um sentimento de inveja entre algumas jovens do colégio.

A escolha de Marcelo como o par de Isabella apenas intensificou os sentimentos de inveja e ressentimento entre as colegas. Marcelo era, sem dúvida, o jovem mais cobiçado da escola. Seus olhos azuis, cabelos escuros e sorriso encantador faziam com que a maioria das garotas se sentisse atraída por ele. Ele era um excelente aluno, um atleta talentoso e um cavalheiro, uma combinação que o tornava objeto de admiração e desejo.

As meninas e jovens da escola não podiam deixar de se perguntar: por que Isabella, sempre ela? A inveja que já existia em relação a ela parecia ter atingido um novo patamar. Ela não era apenas a garota que despertava inveja por sua beleza, mas agora também era a escolhida para compartilhar o palco com Marcelo, o garoto que todos desejavam.

Para Isabella, no entanto, essa escolha não era motivo de orgulho, mas sim uma oportunidade de brilhar ainda mais nas artes. Ela estava determinada a dar o seu melhor no espetáculo, não apenas para provar seu valor aos outros, mas principalmente para si mesma.

Ela não queria ser lembrada apenas por sua aparência; ela queria ser reconhecida por seus talentos e paixões.

Enquanto o colégio fervilhava de murmúrios e olhares invejosos, Isabella mergulhou de cabeça nos ensaios para o espetáculo de final de ano. Ela estava determinada a mostrar a todos que sua escolha como protagonista não era baseada apenas em sua aparência, mas sim em seu talento e paixão pelas artes.

Os ensaios eram intensos e desafiadores, mas Isabella enfrentava cada desafio com dedicação e graça. Ela aprimorou suas habilidades musicais, a voz que poderia mover montanhas e os movimentos de dança que eram uma expressão de sua alma. Marcelo, seu par no palco, também se revelou um parceiro talentoso e dedicado, e juntos eles criaram uma química arrebatadora no palco.

Enquanto os dias passavam e o espetáculo se aproximava, a inveja das outras jovens do colégio persistia, mas Isabella não permitia que isso a afetasse. Ela entendia que sua jornada não era sobre competir com os outros, mas sobre celebrar sua própria paixão e talento. Ela estava determinada a ser a melhor versão de si mesma no palco, não para se destacar, mas para compartilhar sua arte com o mundo.

O dia do espetáculo finalmente chegou, e o teatro estava repleto de expectativa. As cortinas se abriram, revelando Isabella e Marcelo no palco, prontos para dar vida à história por meio da música, da atuação, do canto e da dança. O público estava cativado desde o primeiro momento, e à medida que a performance avançava, as emoções fluíam pela plateia.

Isabella não era apenas uma jovem bonita; ela era uma artista talentosa, capaz de tocar os corações das pessoas com sua música e sua expressão artística. Ela provou que sua escolha como protagonista estava fundamentada em seu dom inegável, e não na inveja dos outros.

# Capítulo 4

# PAIXÃO PELA PINTURA

Após o sucesso do espetáculo de final de ano, Isabella mergulhou de cabeça em sua segunda grande paixão: a pintura. Para ela, as telas eram como páginas em branco onde podia despejar seus sentimentos mais profundos e sua visão única do mundo.

A arte de Isabella era uma explosão de cores e emoções. Ela experimentava com diferentes técnicas e estilos, sempre buscando novas formas de expressar o que sentia. Suas pinceladas eram cheias de energia e paixão, cada traço carregando o peso de suas experiências e emoções.

Em sua pequena área de trabalho, Isabella se perdia por horas a fio, imersa em seu mundo criativo. Ela pintava paisagens deslumbrantes que capturavam a beleza da natureza, retratos que revelavam a profundidade das emoções humanas e abstratos que desafiavam a compreensão convencional.

Cada obra de arte era uma jornada pessoal, uma maneira de enfrentar seus próprios sentimentos e reflexões. Quando estava triste, ela pintava para liberar sua tristeza; quando estava alegre, sua alegria se manifestava nas cores vivas e nos traços vibrantes de suas telas. Suas pinturas eram uma extensão de si mesma, uma forma de comunicar o que não podia ser dito com palavras.

Isabella também começou a compartilhar suas obras com os outros. Ela organizou sua primeira exposição na escola, onde suas pinturas foram exibidas para professores, colegas e familiares. A resposta foi esmagadoramente positiva. As pessoas ficaram impressionadas com sua habilidade de capturar a essência da vida e da emoção em suas telas.

No entanto, nem todos compreendiam a profundidade de suas obras. Alguns ainda viam Isabella como apenas uma jovem bonita, incapaz de criar arte significativa. Mas Isabella estava determinada a superar essas expectativas superficiais. Ela sabia que sua arte tinha o poder de tocar corações e mudar perspectivas.

À medida que seu talento como pintora crescia, Isabella se tornou mais confiante em sua própria voz artística. Ela não pintava para impressionar os outros, mas para expressar sua verdade interior. Sua paixão pela pintura era uma parte fundamental de quem ela era, uma parte que a ajudava a enfrentar os desafios que a inveja continuava a lançar em seu caminho.

Depois de sua primeira exposição de pintura na escola, Isabella voltou para casa com um coração cheio de emoções. A sensação de compartilhar sua arte com os outros era emocionante e recompensadora. Enquanto estava em seu quarto, ela começou a relembrar as pessoas presentes no evento, especialmente uma pessoa que havia conversado com ela após a exposição.

Era um homem mais velho, de maneiras gentis e aparência distinta. Ele se aproximou de Isabella com um sorriso caloroso e cumprimentou-a por sua incrível habilidade artística. A conversa deles fluiu naturalmente, e ele revelou ser um curador de arte europeu que estava impressionado com o talento de Isabella.

O curador expressou um interesse genuíno em seu trabalho e ofereceu uma oportunidade que fez o coração de Isabella disparar: um intercâmbio na Europa para estudar arte. Ele explicou que estava disposto a ajudá-la a ingressar em uma prestigiada escola de artes na Europa, onde ela poderia aprimorar suas habilidades e expandir seus horizontes.

No entanto, Isabella não pôde deixar de pensar nas preocupações que sua avó e tia teriam. Ela ainda era jovem e menor de idade, e a ideia de se mudar para outro continente parecia uma aventura emocionante, mas também assustadora. Como explicaria isso à sua família, que sempre a protegeu com tanto carinho?

As preocupações começaram a surgir em sua mente, mas ao mesmo tempo, a perspectiva de estudar na Europa, cercada por artistas talentosos e inspiradores, era irresistível. Isabella sabia que essa era uma oportunidade única em sua vida, uma chance de mergulhar ainda mais fundo em sua paixão pela arte.

Enquanto contemplava essa decisão monumental, Isabella estava ciente de que teria que enfrentar as expectativas de sua família e as dúvidas dos outros. No entanto, seu coração estava decidido. Ela estava pronta para seguir sua paixão, mesmo que isso a levasse para longe de sua zona de conforto.

Isabella, com o coração pesado, tentou falar com sua tia mais tranquilamente. Sua tia, embora preocupada, ouviu a proposta do intercâmbio na Europa com mais calma do que sua avó. Ela reconheceu a paixão de Isabella pela arte e entendia a oportunidade única que se apresentava a ela. No entanto, também compartilhou as preocupações com a avó sobre a segurança e a distância de sua família.

Mas quando Isabella finalmente se aproximou de sua avó com a notícia, a reação foi intensa e emocional. Sua avó, uma mulher que a havia criado com tanto amor e cuidado após a morte de sua mãe, ficou completamente enlouquecida. Lágrimas escorriam por seu rosto enquanto ela segurava as mãos de Isabella e falava com desespero.

– Isabella, minha menina, você ainda é tão jovem, tão frágil. E agora quer ir para um país desconhecido, com pessoas desconhecidas? E se algo acontecer? E se você ficar doente ou precisar de ajuda e não tiver ninguém por perto? Como poderemos protegê-la?–

As palavras da avó eram um reflexo de seu amor profundo e preocupação pelo bem-estar de Isabella. Ela havia sido o porto seguro de Isabella desde que ela era apenas um bebê, e a ideia de vê-la partir para longe a enchia de ansiedade.

Isabella tentou tranquilizar sua avó, explicando que a oportunidade era incrível e que ela faria tudo o que estivesse ao seu alcance para se manter segura. Ela também mencionou o apoio do curador de arte europeu, que estava disposto a cuidar dela durante sua estadia.

No entanto, sua avó continuava apreensiva. Para ela, Isabella ainda era a mesma menina frágil que ela havia segurado nos braços quando sua mãe faleceu. Era difícil para ela aceitar que sua querida neta estava crescendo e pronta para enfrentar o mundo por conta própria.

Enquanto as preocupações da avó ecoavam em sua mente, Isabella sabia que essa decisão não seria fácil. Ela estava diante de uma encruzilhada, onde sua paixão pela arte se chocava com a preocupação e o amor de sua família. A decisão final repousaria sobre seus ombros, e ela teria que escolher o caminho que a levaria em direção aos seus sonhos ou em direção à segurança familiar.

Isabella olhou firmemente nos olhos de sua avó e de sua tia, com uma mão segurando cada uma delas. Sua voz tremia, e lágrimas começaram a escorrer por seu rosto enquanto ela lutava para encontrar as palavras certas.

– Tenho apenas 13 anos de idade– começou ela, – e já me sinto cansada, como se tivesse mais que o dobro da minha idade. Desde que me entendo por gente, sinto-me aprisionada, controlada por todos onde quer que eu esteja. Não tenho uma amiga verdadeira. Todas as meninas da minha idade têm amigas, viajam juntas, passam finais de semana juntas, compram roupas iguais e têm segredos. E eu? E eu, vó? Eu tenho somente vocês, que não podem ter uma vida em paz porque estão sempre pendentes de mim, da minha saúde, da minha escola, da minha vida, dos meus problemas.–

As palavras de Isabella eram uma torrente de emoções reprimidas que finalmente encontravam uma saída. Ela continuou a falar, sua voz vacilante, mas determinada.

– Eu amo vocês mais do que qualquer coisa neste mundo, mas também quero descobrir quem sou além de ser 'a menina bonita' ou 'a menina sensível'. Quero aprender, crescer, fazer amigos, cometer erros e aprender com eles. Não quero que vocês se preocupem comigo o tempo todo. Eu quero ter a chance de ser uma adolescente normal, mesmo que seja apenas por um tempo.–

As lágrimas agora fluíam livremente, mas Isabella não conseguia parar de falar. Ela estava desabafando anos de pressão e expectativas, expressando sua necessidade de autonomia e liberdade.

– Essa oportunidade na Europa não é apenas sobre a arte. É sobre descobrir quem eu sou longe daqui, longe de todos que me conhecem. Eu sei que é assustador, mas também é uma chance de me tornar alguém mais forte, mais independente. E eu prometo que vou me cuidar. Vou manter contato o tempo todo e vou voltar para casa sempre que precisarem de mim.–

Sua avó e tia estavam em silêncio, absorvendo as palavras emocionadas de Isabella. Elas sabiam que essa decisão era dolorosa para todas, mas também reconheciam a validade dos sentimentos de Isabella. Era hora de soltar as amarras e deixá-la voar, mesmo que isso as deixasse apreensivas.

As palavras de Isabella ecoaram no quarto enquanto sua avó e tia a ouviam com pesar. Ela tinha razão; desde que Isabella era uma criança, ela ouvia histórias sobre sua mãe, sua infelicidade e sua solidão. As histórias sobre a mãe de Isabella pareciam pairar sobre a casa como um espectro invisível, sempre presente, mas nunca discutido abertamente.

Isabella continuou a falar com uma mistura de curiosidade e angústia em sua voz. – Minha mãe morreu jovem, e se querem saber, ouço histórias sobre sua infelicidade desde que comecei a frequentar a escola. Ela nunca teve amigas, meu pai... Quem é meu pai? Onde está ele? Ela era tão linda, inteligente, conhecida por seus talentos, e por que não teve um amor verdadeiro? Vocês nunca me falaram sobre como ela engravidou, se meu pai chegou a estar com ela em algum momento.–

Havia um silêncio doloroso no quarto enquanto as duas mulheres olhavam para Isabella. Sua avó, com lágrimas nos olhos, tomou um suspiro profundo antes de começar a falar.

– Querida, sua mãe era uma mulher incrível, mas ela também carregava muitas cicatrizes de seu passado. Ela enfrentou desafios que nós, como família, preferimos não discutir com você quando era mais jovem. Isso não era para protegê-la, mas porque não queríamos que você se sentisse sobrecarregada por essas informações.–

A tia de Isabella, visivelmente emocionada, continuou a explicação. – Quanto ao seu pai... Bem, querida, a verdade é que não sabemos muito sobre ele. Sua mãe era reservada sobre esse assunto, e não conseguimos rastreá-lo. É uma parte dolorosa da nossa história familiar.–

Isabella ouviu com atenção, absorvendo as informações com um misto de tristeza e compreensão. Ela estava começando a entender que sua mãe havia enfrentado lutas que deixaram cicatrizes profundas, e que sua família estava tentando protegê-la de algumas dessas verdades dolorosas.

– Eu entendo– disse Isabella suavemente, sentindo uma empatia crescente por sua mãe. –

Eu só queria saber mais sobre ela, entender de onde vim, quem eu sou...–

Sua avó a abraçou ternamente. – Você é uma parte maravilhosa da nossa família, Isabella, e temos orgulho de tudo o que você se tornou. Sua mãe teria ficado igualmente orgulhosa de você, e tenho certeza de que, onde quer que ela esteja, ela está olhando para você com amor.–

As palavras de Isabella ecoaram mais uma vez no quarto, carregadas de emoção e sinceridade. Ela olhou nos olhos de sua avó e tia, buscando compreensão e apoio para seus sentimentos profundos.

– Vó, vocês sempre falam que tinham orgulho da minha mãe e que têm muito orgulho de mim – começou Isabella com voz trêmula. – Desculpe, não é só isso que busco das pessoas ao meu redor. Quero que estejam bem e tranquilas, e nem eu nem minha mãe fomos motivo de tranquilidade. Me chamam de 'a menina do véu'. Tenho 13 anos e vivo com a cara escondida desde que nasci, como se eu fosse uma fugitiva. Já pararam para pensar que talvez eu esteja no lugar errado? Que em outro país, um lugar com pessoas civilizadas, eu não sofreria bullying, violência verbal e rejeição por causa de algo que nunca fiz?–

A tia de Isabella, com lágrimas nos olhos, aproximou-se dela e segurou suas mãos. – Querida, entendemos o que você está sentindo, e não queremos que você se sinta aprisionada aqui. Sua decisão de ir para a Europa é difícil para nós, mas sabemos que é uma oportunidade incrível para você. Você merece ser feliz, e se isso significa explorar um novo lugar e uma nova cultura, então nós veremos uma forma de te apoiar–

A avó de Isabella assentiu com tristeza e carinho. – Você não está no lugar errado, querida. Você é uma luz brilhante em nossas vidas, e sempre a amaremos, não importa onde você esteja. Seja na Europa ou aqui, você sempre será nossa menina do véu, mas você também é uma jovem extraordinária com sonhos e talentos que merecem ser mostrados.–

Isabella sentiu um peso sendo levantado de seus ombros. Ela sabia que sua decisão de ir para a Europa não seria fácil, mas sabia que era a coisa certa a fazer para seu próprio crescimento e felicidade. Com o apoio amoroso de sua avó e tia, ela começou a se sentir mais confiante em relação ao futuro, onde poderia finalmente explorar seu potencial sem o peso das expectativas dos outros.

Isabella pediu a sua avó e tia que fossem conversar com o responsável pelo intercâmbio, expressando seu desejo de viver algo novo e encontrar um lugar onde pudesse ser aceita e feliz. Com as palavras ditas e o peso de suas emoções compartilhado, ela se despediu da conversa e se retirou para o quarto.

Lá, no silêncio de seu refúgio, as lágrimas que haviam se acumulado em seu coração encontraram uma saída. Ela chorou até adormecer, deixando para trás as preocupações, incertezas e o peso que carregava há tanto tempo. Era como se as lágrimas fossem uma forma de purificação, permitindo que ela se libertasse das amarras que a prendiam.

Enquanto Isabella dormia, seus sonhos eram cheios de cores e música, como se sua alma estivesse encontrando uma maneira de se expressar, mesmo durante o repouso. Era como se as telas de sua alma se enchessem de pinturas vibrantes e melodias cativantes, representando sua jornada em busca de autenticidade.

# Capítulo 5

# TRAÇOS DE ESPERANÇA

O sol brilhante invadiu o quarto de Isabella naquela manhã. Ela acordou com uma sensação de determinação, como se a conversa com sua avó e tia na noite anterior tivesse dissipado parte da nuvem de incertezas que pairava sobre ela. Levantou-se da cama, determinada a enfrentar o dia com uma mente aberta e coração corajoso.

A casa estava tranquila quando ela desceu para tomar o café da manhã. Sua avó e tia estavam na cozinha, preparando uma refeição simples, mas amorosa. Os olhares que trocaram eram cheios de compreensão e apoio silencioso. Não havia necessidade de palavras naquele momento; o amor que compartilhavam era profundo e mútuo.

Isabella sentou-se à mesa e começou a tomar seu café da manhã. O aroma do café recém-passado e das torradas tostadas enchia o ar, criando uma atmosfera acolhedora. Ela não disse muito, mas havia uma nova determinação em seus olhos. Ela estava decidida a focar em seus interesses e buscar sua própria felicidade.

Após o café da manhã, Isabella subiu para o quarto. Ela sabia que, para encontrar seu refúgio, precisava voltar para a música e a arte. Essas eram as paixões que a faziam sentir-se viva e autêntica.

Isabella pegou seu violino e começou a tocar uma melodia suave, permitindo que a música fluísse de seus dedos como uma extensão natural de sua alma. Cada nota era uma expressão de seus sentimentos mais profundos, uma forma de liberar as emoções que haviam sido represadas por tanto tempo.

À tarde, ela se dirigiu ao estúdio de arte que montara no sótão. Ali, diante de uma tela em branco, pegou seus pincéis e começou a misturar cores com maestria. As pinceladas eram cheias de emoção, cada traço revelando uma parte de sua jornada interior. Ela estava determinada a pintar sua própria história, sem medo de ser julgada.

Os dias passaram, e Isabella mergulhou mais profundamente em sua arte e música. Ela encontrou refúgio na criatividade, onde podia se expressar plenamente, sem a inveja e do julgamento. Através de suas criações, ela descobriu um mundo onde suas emoções eram bem-vindas e celebradas.

Isabella voltou para o quarto depois do café da manhã, onde suas paixões musicais e artísticas a aguardavam pacientemente. No entanto, ela podia ouvir vozes vindas da cozinha, sussurros preocupados de sua avó e tia, que discutiam o assunto que as deixava inseguras e, ao mesmo tempo, cheias de esperança.

As duas mulheres se sentaram à mesa da cozinha, olhando uma para a outra com expressões sérias e pensativas. Era evidente que a decisão de permitir que Isabella embarcasse em um intercâmbio para o exterior era um passo significativo e cheio de incertezas. Elas queriam o melhor para Isabella, mas também estavam preocupadas com sua segurança e felicidade.

A avó de Isabella suspirou profundamente e começou a falar com sua irmã, a tia de Isabella. – Eu sei que essa é uma decisão difícil, minha querida irmã. Ver Isabella partir para um lugar desconhecido nos preocupa. Ela é tão jovem e delicada.–

A tia concordou com a cabeça, com os olhos fixos na xícara de chá diante dela. – Sim, irmã, entendo suas preocupações. Mas também vimos o que a falta de liberdade e a pressão da inveja fizeram com a nossa menina. Ela precisa encontrar seu próprio caminho e descobrir quem realmente é.–

A avó assentiu. – Você está certa, minha querida. Isabella é especial, e seu talento é notável. Talvez esse intercâmbio seja exatamente o que ela precisa para ser feliz e livre.–

Enquanto as duas mulheres continuavam a conversar, uma mistura de insegurança e esperança pairava no ar. Elas queriam proteger Isabella, mas também desejavam que ela encontrasse a felicidade que há tanto tempo buscava.

A avó de Isabella, após longas conversas com sua irmã e uma xícara de chá que havia esfriado, tomou uma decisão. Ela se levantou da mesa da cozinha com determinação e disse a sua irmã: – Eu vou conversar com o responsável pelo intercâmbio. Precisamos saber todos os detalhes, especialmente onde Isabella viverá, quanto isso custará e como eles garantirão a segurança dela, sendo uma menina menor de idade.–

A tia de Isabella assentiu, entendendo a preocupação de sua irmã. Ela sabia que essa era uma decisão importante e que todas as informações precisavam ser cuidadosamente consideradas.

A avó saiu de casa e dirigiu-se ao escritório da agência de intercâmbio, onde foi recebida por um representante amigável. Ela fez uma série de perguntas detalhadas sobre o programa de intercâmbio, incluindo acomodações, supervisão, custos e medidas de segurança.

O representante explicou pacientemente todos os aspectos do programa, assegurando à avó que a segurança e o bem-estar de Isabella eram prioridades máximas. Ele compartilhou informações sobre as famílias anfitriãs que haviam sido cuidadosamente selecionadas e a rede de apoio disponível para os estudantes intercambistas. Além disso, detalhou as atividades extracurriculares e oportunidades de aprendizado que Isabella teria durante o intercâmbio.

A avó escutou atentamente e fez anotações, assegurando-se de que todas as suas preocupações fossem abordadas. Ela estava começando a sentir que, com a informação adequada, talvez essa decisão fosse mais viável do que inicialmente pensou.

Ao sair do escritório da agência, a avó sentia que estava mais bem informada e que tinha uma compreensão mais clara do que o intercâmbio significaria para Isabella. Ela voltou para casa com a mente cheia de pensamentos, pronta para compartilhar suas descobertas com sua tia e, finalmente, com Isabella.

# Capítulo 6

# LISTA DE APROVADOS

Isabella chegou à escola na segunda-feira com sua mochila cheia de expectativas para o último dia de aula do ano. Como de costume, os corredores estavam cheios de risos e conversas animadas entre os alunos. Ela se dirigiu à sua sala de aula, onde os colegas já estavam reunidos, aguardando o início das atividades do dia.

À medida que os minutos passavam, Isabella começou a notar uma sensação de nervosismo crescendo em seu peito. Algo estava acontecendo, algo que ela ainda não tinha conhecimento. Sua curiosidade estava à flor da pele quando a diretora da escola entrou na sala de aula.

A diretora deu um breve sorriso e, com uma voz firme, pediu a todos os alunos que se dirigissem ao pátio 10 minutos antes do intervalo. A sala de aula se encheu de murmúrios, e Isabella trocou olhares intrigados com seus colegas. O que estava acontecendo?

Quando o momento chegou, todos os alunos se reuniram no pátio da escola. O sol brilhava no céu azul, criando uma atmosfera de excitação. A diretora subiu ao palco improvisado e começou a falar ao microfone.

– Boa manhã a todos,–  ela disse, sorrindo. – Hoje é o nosso último dia de aula deste ano, e temos algumas coisas especiais para compartilhar com vocês.–

A diretora continuou agradecendo a todos os alunos que haviam participado da semana cultural e elogiou o talento e a dedicação demonstrados. Mas, em particular, ela se dirigiu a Isabella com palavras calorosas.

– Gostaria de destacar uma de nossas alunas que se destacou nesta semana cultural. Sua apresentação foi excepcional e trouxe grande orgulho à nossa escola. Isabella, por favor, dê um passo à frente.–

Isabella sentiu um misto de surpresa e ansiedade enquanto caminhava até o palco. Ela não fazia ideia do que estava prestes a acontecer.

A diretora continuou: – Em reconhecimento ao seu talento e dedicação, Isabella foi escolhida para representar nossa escola em um intercâmbio cultural. Ela foi selecionada entre alunos de várias escolas do país para essa oportunidade única. Parabéns, Isabella!–

A notícia atingiu Isabella como um raio. Ela não sabia que a escola ficaria sabendo. Isabella fingiu ficar sabendo naquele mesmo momento.

Isabella estava paralisada com a notícia, tentando processar o que acabara de acontecer. Ela não tinha ideia de que a escola inteira ficaria sabendo de sua seleção para o intercâmbio cultural. Fingindo surpresa, Isabella manteve sua expressão neutra, mesmo que por dentro ela estivesse uma confusão de emoções.

Enquanto a diretora continuava seu discurso, Isabella sentiu os olhares penetrantes das outras meninas sobre ela. Ela ouviu os cochichos nos cantos, as vozes sussurrando – Sempre ela–  e – Tudo é para ela– . A sensação de ser o centro das atenções mais uma vez era opressora.

Uma das meninas mais próximas se aproximou de Isabella, tentando esconder sua inveja sob um sorriso forçado. – Parabéns, Isabella,–  ela disse, sua voz carregada de desconfiança. – É realmente incrível que você tenha sido escolhida.–

Isabella agradeceu, mas a desconfiança e o medo a impediam de aceitar os parabéns com entusiasmo. Ela tinha vivido o suficiente para saber que elogios nem sempre eram sinceros, e que a inveja podia se esconder por trás de sorrisos educados.

Enquanto o evento continuava no pátio da escola, Isabella se sentia como se estivesse em um mundo à parte. Ela não queria ser o centro das atenções, e a sensação de que todos os olhos estavam sobre ela era esmagadora. Ela ansiava por encontrar um lugar de tranquilidade, onde pudesse simplesmente ser ela mesma, longe do peso da inveja e do escrutínio constante.

O resto do dia na escola passou como um borrão para Isabella. Ela manteve a cabeça baixa durante as aulas, mal conseguindo se concentrar nas lições. A notícia de sua seleção para o intercâmbio havia lançado uma sombra sobre ela, tornando difícil focar em qualquer outra coisa.

Quando o intervalo finalmente chegou, Isabella saiu da sala de aula com uma sensação de alívio, mas também com uma vontade incontrolável de sair correndo dali. No pátio, vários meninos de diferentes cursos se aproximaram dela, pedindo para tirar fotos. Ela aceitou os elogios e sorriu para as câmeras, mas ainda se sentia como se estivesse em um mundo distante.

Um dos meninos, em particular, fez um comentário que a fez pensar. Ele disse: – Você será conhecida como a menina do véu, e isso a tornará ainda mais especial. Vai despertar a curiosidade de milhões de pessoas.– Suas palavras eram gentis e cheias de apoio genuíno.

– Saiba que eu torço por você e sua felicidade – ele acrescentou, olhando nos olhos de Isabella com sinceridade.

Aquelas palavras ressoaram na mente de Isabella enquanto ela se preparava para enfrentar o que vinha a seguir. Ela percebeu que, apesar de todas as dificuldades e invejas que a cercavam, havia pessoas que a apoiavam e torciam por seu sucesso e felicidade. Aquilo trouxe um raio de esperança em seu coração, enquanto ela se perguntava o que o futuro reservaria para a – menina do véu– .

Isabella chegou em casa após o longo dia na escola, e sua tia logo veio correndo dar a notícia que a deixou com uma pitada de ansiedade. – Hoje recebemos uma ligação da sua escola, Isabella. Eles estão muito felizes com você– disse a tia, olhando-a com entusiasmo.

Isabella respondeu com um simples – Sim– sem muito entusiasmo. Ela estava exausta pelas emoções do dia e a atenção indesejada que havia recebido.

Sua tia, percebendo a falta de entusiasmo da sobrinha, a encarou com preocupação e disse: – Isabella, você precisa melhorar essa carinha. Sua avó tem algo muito importante para falar com você.–

Aquela notícia deixou Isabella curiosa e apreensiva. Ela se perguntou o que poderia ser tão importante a ponto de sua avó precisar conversar com ela. Enquanto seguia sua tia até a sala de estar, ela se preparou para o que estava por vir, esperando que fosse algo que pudesse mudar sua vida de alguma forma.

# Capítulo 7

# A DECISÃO

Isabella entrou no quarto e encontrou sua avó sentada em uma poltrona, rodeada por um jogo de malas belíssimas. Ela cumprimentou sua avó e respondeu à pergunta sobre como tinha sido seu dia na escola, embora ainda estivesse se sentindo um pouco sobrecarregada.

Sua avó a olhou com ternura e, com um sorriso gentil, disse: – Hoje tomamos uma decisão, Isabella.– Aquelas palavras deixaram Isabella ansiosa, pois ela sabia que essa decisão estava relacionada ao intercâmbio que havia sido mencionado antes.

– Quero que você saiba que sua tia vai te acompanhar por um mês– continuou a avó, – até que você se adapte e conheça a casa onde ficará, as pessoas e sua nova escola.– Ela olhou para as malas, indicando que estavam prontas para a jornada que se aproximava.

A notícia pegou Isabella de surpresa. Ela tinha esperado que sua avó e sua tia fossem contra a ideia do intercâmbio, mas, em vez disso, estavam mostrando um apoio inesperado. Aquilo a fez sentir uma mistura de gratidão e nervosismo, pois estava prestes a embarcar em uma nova fase de sua vida, longe de tudo o que conhecia.

Isabella olhou para sua avó, com os olhos brilhando de emoção, e disse com sinceridade: – Obrigada, vó. Isso significa muito para mim.– Era um passo ousado, mas ela estava determinada a abraçar essa oportunidade de encontrar sua própria felicidade, longe das sombras da inveja e da pressão que havia enfrentado até agora.

A tia de Isabella, com um semblante sério, acrescentou: – Isabella, prometa que não passará por dificuldades. Se tiver alguma dúvida ou precisar conversar, saiba que sempre poderá contar com sua família. Estaremos aqui para apoiá-la. E se, por acaso, você não gostar ou não se sentir segura, pode voltar sem preocupações. –

As palavras da tia eram carregadas de preocupação e cuidado. Ela queria garantir que Isabella estivesse ciente de que, apesar de estarem permitindo que ela seguisse seu próprio caminho, sua família estaria sempre ao seu lado, pronta para ajudá-la a enfrentar qualquer desafio.

A avó completou a conversa com palavras reconfortantes: – O mais importante é que você experimente essa oportunidade. Se for bom e seguro para você, terá nosso total apoio. Queremos que você seja feliz, Isabella, e estamos dispostos a fazer o que for preciso para tornar isso realidade.–

Isabella se sentiu emocionalmente tocada pela compreensão e apoio de sua avó e tia. Ela não tinha certeza do que o futuro reservava, mas agora sabia que poderia enfrentá-lo com a certeza de que sua família estaria lá para apoiá-la, não importando o que acontecesse. Com um sorriso, ela assentiu e disse: – Eu prometo, vou fazer o meu melhor e aproveitar ao máximo essa oportunidade.– Era um passo corajoso em direção a um novo capítulo de sua vida, e ela estava determinada a enfrentá-lo com coragem e esperança.

Isabella assentiu, compreendendo a importância de cuidar de sua saúde antes de embarcar em uma jornada no exterior. Ela estava ansiosa para conhecer o médico, mesmo que isso significasse enfrentar exames e consultas.

Durante o almoço, a vó e a tia de Isabella continuaram a explicar os detalhes da preparação para a viagem. Falaram sobre as roupas que ela precisaria levar, as documentações necessárias e os procedimentos no aeroporto. Era um turbilhão de informações, mas Isabella estava determinada a absorver tudo.

Depois do almoço, a tia a levou para o consultório médico. Lá, ela passou por uma série de exames e recebeu um atestado de saúde que permitiria sua viagem. Isabella estava grata por ter uma família que cuidava dela com tanto carinho.

Em seguida, foram às lojas para comprar as roupas e itens necessários para a viagem. Isabella escolheu roupas práticas e confortáveis, sabendo que precisaria se adaptar a um novo ambiente. Ela também aproveitou para selecionar algumas peças que refletissem seu estilo único.

À medida que o dia avançava, Isabella começava a se sentir mais preparada para sua jornada. A viagem estava se aproximando, e ela estava pronta para enfrentar o desconhecido com a confiança de que sua família estaria ao seu lado, apoiando-a a cada passo do caminho.

Quando chega em casa, tem uma surpresa uma visita inesperada da colega do colégio e sua mãe. Ela nunca havia interagido muito com a garota, já que estudavam em horários diferentes, mas agora estava diante de um pedido que a deixou perplexa.

A vó de Isabella, sempre atenta, convidou as visitantes a se sentarem na sala de estar. A mãe da colega de Isabella começou a explicar a situação com uma expressão preocupada no rosto.

– Isabella, minha filha aqui, a Maria, se candidatou para o concurso de Miss da nossa cidade. Era um sonho dela, mas aconteceu algo inesperado. O pai dela está muito doente, e a situação em casa está difícil. Ela está passando por momentos de muita confusão, medo e tristeza– disse a mãe da garota, visivelmente emocionada.

Maria, a colega de Isabella, olhou para ela com os olhos cheios de lágrimas. – Por favor, Isabella, eu não me sinto segura para representar a cidade neste momento. Não consigo me concentrar no concurso, e sei que você tem uma presença incrível. Seria uma grande ajuda se você pudesse ir no meu lugar.–

Isabella ficou pensativa por um momento. Ela nunca havia se imaginado participando de um concurso de beleza, e a ideia de ser o centro das atenções a deixava desconfortável. No entanto, ao olhar nos olhos suplicantes de Maria, ela sentiu empatia pela situação da colega.

A tia de Isabella observa entusiasmada.

– Maria, eu entendo como você está se sentindo. Eu também não sou fã de ser o centro das atenções, e nunca participei de um concurso de beleza antes. Mas, se isso pode ajudar você e sua família em um momento tão difícil, eu estou disposta a tentar– respondeu Isabella com sinceridade.

Maria soltou um suspiro de alívio e agradeceu a Isabella com um abraço emocionado. Sua mãe também expressou sua gratidão, dizendo que Isabella estava fazendo algo incrível por sua filha.

Nos dias que se seguiram, Isabella recebeu orientações e treinamento de Maria para o concurso. Ela aprendeu a andar na passarela, a falar em público e a se preparar para as entrevistas. Maria a apoiava a cada passo, compartilhando sua experiência e confiando em Isabella para representá-la da melhor forma possível.

À medida que o dia do concurso se aproximava, Isabella sentia o peso da responsabilidade, mas também uma crescente confiança. Ela estava determinada a fazer o melhor possível para ajudar Maria e sua família.

A noite do concurso chegou, e Isabella estava nos bastidores, se preparando para entrar no palco. Ela vestia um belo vestido de gala, seu rosto maquiado com elegância, mas sua mente estava focada no propósito por trás de sua participação: apoiar Maria e sua família.

Quando Isabella subiu ao palco, a tensão se transformou em determinação. Ela sorriu para a plateia e respondeu às perguntas dos jurados com sinceridade e graça. Ela não estava ali para vencer, mas para cumprir uma missão especial.

Quando chegou a hora da premiação, o anúncio final foi feito. Isabella foi classificada para a final.

Isabella havia chegado ao grande dia do concurso de Miss da cidade. O salão do evento estava repleto de pessoas ansiosas para ver a jovem que, durante todo o concurso, havia mantido seu rosto oculto. A curiosidade pairava no ar, e a atmosfera estava carregada de expectativa.

Enquanto Isabella se preparava nos bastidores, sua mente estava focada na amiga Maria e na promessa que fizera a ela de ajudá-la. Ela vestia um deslumbrante vestido de gala, estava impecavelmente maquiada, e seu cabelo reluzia sob as luzes brilhantes do salão. Sentia-se confiante não pela ideia de ganhar o concurso, mas pelo propósito nobre que a trouxera até ali.

Quando chegou a hora de Isabella entrar no palco, a plateia ficou em silêncio, com os olhos fixos nela. Ela caminhou elegantemente pela passarela, sua postura transmitindo confiança e graça. O sorriso que ela lançou à plateia era caloroso, e seus olhos brilhavam com determinação.

Os jurados fizeram perguntas a Isabella, e suas respostas eram sinceras e cativantes. Ela compartilhou histórias de solidariedade, amizade e apoio, destacando o motivo que a havia levado a participar do concurso em primeiro lugar: ajudar Maria e sua família em um momento difícil.

Quando chegou a hora da premiação, a tensão no salão era palpável. O mestre de cerimônias fez o anúncio final, e a plateia segurou a respiração. – E a vencedora do concurso Miss Cidade é… Isabella!–

Um rugido de aplausos ecoou pelo salão, e Isabella foi coroada Miss. Ela estava surpresa e emocionada, mas havia algo que ela havia planejado fazer desde o início.

Assim que recebeu a coroa, Isabella cobriu o rosto com as mãos e se virou para longe da plateia. Ela não queria que sua vitória fosse sobre sua aparência física, mas sim sobre a compaixão e a generosidade que havia demonstrado ao ajudar Maria.

O salão estava em silêncio por um momento, e então irrompeu em aplausos ainda mais ensurdecedores. As pessoas ficaram tocadas pela atitude de Isabella, que escolheu manter seu rosto oculto, enfatizando que a verdadeira beleza está no coração e nas ações de uma pessoa.

Isabella saiu do palco, ainda com as mãos cobrindo o rosto, deixando todos os presentes curiosos e maravilhados. Ela não se importava com a fama ou a notoriedade; sua recompensa era a alegria de ter ajudado uma amiga em necessidade.

Nos dias que se seguiram, o nome de Isabella se tornou ainda mais conhecido na cidade, não por sua aparência, mas por sua generosidade e empatia. Ela havia inspirado muitas pessoas a olharem para além das aparências e a valorizarem as ações e o caráter de alguém.

Maria e sua família estavam profundamente agradecidas a Isabella, não apenas por sua vitória no concurso, mas também por ser uma verdadeira amiga. A experiência mostrou a todos que Isabella era muito mais do que a – menina do véu– ; ela era uma pessoa extraordinária que estava disposta a ajudar os outros, independentemente das circunstâncias.

# Capítulo 8

# A SURPRESA

Isabella em seu quarto, imersa em suas paixões artísticas. Ela passava horas pintando telas que expressavam seus sentimentos e tocava seu piano, deixando a música fluir livremente através de seus dedos. A arte era sua forma de expressão, um meio de compartilhar seus sentimentos com o mundo sem revelar seu rosto.

Enquanto Isabella se envolvia em seu mundo criativo, o telefone da casa tocou, quebrando a tranquilidade de seu retiro artístico. Ela o pegou, e do outro lado da linha, ouviu a voz animada de Maria, sua nova amiga. Maria estava convidando Isabella para passar um tempo juntas em sua casa.

– Oi, Isabella! Você quer vir à minha casa hoje à noite?– Maria perguntou com entusiasmo. – Podemos assistir a um filme, fazer pipoca ou jogar algum jogo divertido. Vai ser ótimo!–

Isabella ficou emocionada com o convite. Era a primeira vez que alguém de sua idade a convidava para uma atividade social. No entanto, também sentiu uma pitada de ansiedade. Ela tinha medo de como Maria reagiria quando a visse sem o véu que sempre cobria seu rosto.

Depois de uma pausa breve, Isabella respondeu: – Claro, Maria, eu adoraria! Que horas você gostaria que eu fosse?–

Maria, sem perceber a hesitação na voz de Isabella, disse: – Que tal às 18h30? Assim teremos tempo suficiente para escolher um filme legal e fazer a pipoca.–

Isabella concordou com o horário, e as duas combinaram os detalhes. Desligando o telefone, ela experimentou um misto de emoções. Estava ansiosa para passar um tempo com Maria, mas também se preocupava com como sua amiga reagiria quando visse seu rosto sem o véu.

Enquanto se preparava para o encontro, Isabella pensava em maneiras de lidar com a situação. Ela estava determinada a ser ela mesma e não esconder quem era, mesmo que isso a deixasse vulnerável. Afinal, a amizade que estava se formando com Maria era algo especial, algo que Isabella valorizava profundamente.

Quando a noite chegou, Isabella se arrumou com cuidado. Ela escolheu uma roupa confortável e apropriada para a ocasião, mas ainda carregava a preocupação em sua mente. Seu véu estava pendurado perto da porta, pronto para ser usado quando precisasse. Apesar da ansiedade, Isabella estava determinada a enfrentar a situação e ser verdadeira consigo mesma.

Às 18h30 em ponto, Isabella chegou à casa de Maria. Ela respirou fundo antes de tocar a campainha, tentando acalmar os nervos que a consumiam. A porta se abriu e Maria apareceu, com um sorriso caloroso e acolhedor no rosto. Ela estava vestida de forma casual e segurava uma tigela de pipoca nas mãos.

– Isabella! Que bom que você veio!– Maria exclamou, abraçando a nova amiga com entusiasmo. – Você está incrível!–

O coração de Isabella se aqueceu com a recepção calorosa de Maria. Ela sentiu-se imediatamente à vontade na presença da amiga. Entrando na casa de Maria, Isabella notou que estava decorada de forma aconchegante, com almofadas coloridas espalhadas pela sala de estar e um grande sofá convidativo.

As duas garotas passaram a noite assistindo a um filme, rindo das cenas engraçadas e compartilhando pipoca. Isabella se sentiu relaxada e feliz, como se as preocupações que a atormentavam tivessem se dissipado. Ela percebeu que estava se divertindo como nunca antes em sua vida.

Conforme a noite avançava, Isabella e Maria começaram a conversar sobre diversos assuntos. Elas descobriram interesses em comum, como música e arte, e Isabella compartilhou suas paixões e talentos com entusiasmo. Maria mostrou interesse genuíno em conhecer a amiga além do véu, e Isabella, aos poucos, foi deixando de lado seus receios.

O momento mais significativo da noite chegou quando Isabella, com hesitação, decidiu revelar seu rosto a Maria. Com as mãos trêmulas, ela levantou o véu que sempre a protegia e olhou diretamente nos olhos de sua amiga. Maria a encarou com curiosidade e surpresa, mas não demonstrou nenhum julgamento.

Chega o horario e a tia de Isabella leva ela Isabella até a casa de maria.

– Isabella, você é linda,– Maria disse com um sorriso sincero. – Estar aqui com você é incrível, não importa como você se parece por fora. O que importa é o seu coração, e o seu é cheio de bondade e talento.–

As palavras de Maria tocaram profundamente Isabella. Ela sentiu uma onda de gratidão por ter encontrado uma amiga tão compreensiva e solidária. Pela primeira vez em muito tempo, Isabella sentiu que podia ser ela mesma, sem esconder sua verdadeira identidade por trás de um véu.

Conforme a noite chegava ao fim, Isabella e Maria prometeram continuar a se encontrar e a fortalecer sua amizade. Isabella percebeu que a verdadeira amizade não se baseia na aparência, mas sim na conexão genuína entre as pessoas. Ela se sentia abençoada por ter encontrado alguém como Maria, alguém que a aceitava pelo que era.

Quando Isabella voltou para casa naquela noite, ela estava repleta de gratidão e alegria. Ela havia experimentado uma nova forma de liberdade, a liberdade de ser ela mesma sem medo. Sua amizade com Maria era um raio de esperança brilhando em sua vida, uma prova de que a verdadeira conexão supera todas as barreiras.

Isabella estava sorrindo enquanto refletia sobre a noite especial que havia vivido. Ela sabia que tinha encontrado uma amiga verdadeira, alguém que a apoiaria em sua jornada de autodescoberta e aceitação. E essa amizade era um tesouro que ela estava determinada a valorizar e proteger.

# Capítulo 9

# O GRITO

O barullo de um grito tomava toda a casa. Isabella saltou da cama, seus olhos se arregalaram de pavor ao escutar o grito agudo e desesperado vindo do quarto ao lado. Ela mal conseguia pensar enquanto suas pernas a levavam às pressas em direção ao quarto de sua avó e tia. Seu coração batia descontroladamente em seu peito, e ela sentiu como se estivesse presa em um pesadelo terrível.

Quando Isabella entrou no quarto, a cena à sua frente a paralisou. Sua tia estava ajoelhada no chão, segurando sua avó nos braços enquanto lágrimas rolavam por seu rosto. A avó estava desfalecida no chão, pálida como a

morte, com os olhos vazios e sem vida. O
choque da visão fez Isabella tremer
violentamente.

– Tia! O que aconteceu?– Isabella perguntou
em um sussurro trêmulo.

A tia de Isabella levantou o rosto molhado de
lágrimas e olhou para ela com os olhos inchados
de chorar. Sua voz estava trêmula quando ela
respondeu: – Foi um ataque do coração,
querida. Minha mãe... ela... está...–

As palavras da tia mal saíram de sua boca
antes que ela fosse tomada pelo choro
novamente. Isabella se ajoelhou ao lado delas,
seus olhos fixos na avó imóvel. Ela não
conseguia acreditar no que estava vendo. Sua
avó, que sempre fora uma presença forte e
amorosa em sua vida, estava ali, frágil e inerte.

O desespero tomou conta de Isabella, mas ela
sabia que precisava agir. Com as mãos trêmulas,
pegou o telefone e ligou para o serviço de
emergência. Enquanto esperava pelo
atendimento, tentou acalmar sua tia da melhor

forma que pôde. Ela sabia que precisava ser forte, pelo bem de sua avó e de sua tia.

Minutos que pareciam horas se passaram até que os paramédicos finalmente chegaram. Eles entraram no quarto e começaram a prestar socorro imediatamente, mas, apesar de todos os esforços, não conseguiram reverter a situação. O coração da avó de Isabella havia parado.

O pesadelo se transformou em uma triste realidade. Isabella e sua tia foram levadas a uma sala de espera enquanto os paramédicos continuavam seus procedimentos. Lágrimas rolavam pelo rosto de Isabella, mas ela se forçou a manter a calma para apoiar sua tia.

Horas depois, um médico se aproximou delas com uma expressão sombria. Ele explicou que a avó de Isabella havia falecido devido a um ataque cardíaco fulminante. A notícia atingiu Isabella e sua tia como um golpe devastador.

Elas foram autorizadas a se despedir da avó em silêncio. Isabella segurou a mão fria da avó e deixou suas lágrimas caírem. Ela estava em choque, incapaz de compreender completamente a perda que havia ocorrido.

À medida que os dias passavam, Isabella enfrentou a dolorosa realidade de viver sem a presença amorosa de sua avó. A casa que antes era cheia de vida e calor agora parecia vazia e silenciosa. O luto pesava sobre elas, e Isabella sabia que sua vida havia mudado irrevogavelmente naquela fatídica manhã.

A tia de Isabella tentou consolar a jovem, segurando-a com carinho enquanto as lágrimas continuavam a cair. – Sua avó estava tão feliz por você, Isabella– disse ela com voz trêmula. – Ela adoraria saber que você saiu e se divertiu. Você trouxe muita alegria para a vida dela.–

Isabella soluçou, sentindo um vazio avassalador em seu peito. Sua avó era sua âncora, sua confidente e, agora, ela se fora. Ela se perguntou como poderia continuar sem a presença constante e amorosa de sua avó em sua vida.

– Eu sinto tanto a falta dela, tia– sussurrou Isabella, sua voz embargada. – Eu não sei como vou lidar com isso.–

A tia apertou Isabella com mais força. – Vamos enfrentar isso juntas, querida– disse ela com gentileza. – Você não está sozinha. Sua avó sempre nos ensinou a sermos fortes e a enfrentarmos os desafios da vida. Vamos honrar sua memória sendo a família que ela sempre quis que fôssemos.–

Isabella se agarrou àquelas palavras, encontrando um pequeno raio de esperança em meio à escuridão de sua perda. Sua tia estava certa; sua avó havia lhes transmitido valores de amor, força e união. Isabella sabia que tinha que encontrar uma maneira de seguir em frente e honrar a memória da mulher que tanto amava.

Nos dias que se seguiram, Isabella e sua tia organizaram o funeral da avó, um evento emocionalmente doloroso, mas também uma oportunidade de celebrar a vida dela e compartilhar memórias preciosas com amigos e familiares. O apoio da comunidade ajudou a aliviar parte da tristeza que pesava sobre elas.

Após o funeral, Isabella enfrentou o doloroso processo de arrumar os pertences de sua avó. Cada objeto, cada fotografia, carregava uma história, uma lembrança. Era como reviver a vida de sua avó através de suas coisas. Isabella e sua tia passaram horas relembrando histórias e compartilhando risos e lágrimas.

À medida que o tempo passava, Isabella encontrou consolo na arte e na música, como sempre fizera. Ela pintava telas que expressavam seus sentimentos e tocava piano para liberar suas emoções. Era uma forma de terapia para ela, uma maneira de lidar com a dor e a saudade que sentia.

No meio de seu luto, Isabella também encontrou conforto nas lembranças de sua avó. Ela recordava os momentos especiais que compartilharam juntas, as histórias que sua avó contava antes de dormir e o amor incondicional que sempre a cercara. Era como se sua avó ainda estivesse presente em sua vida, orientando-a e cuidando dela de alguma forma.

À noite, Isabella muitas vezes se pegava olhando para as estrelas. Ela se lembrava de como sua avó costumava dizer que as estrelas eram os olhos de seus entes queridos que já haviam partido, olhando por eles do céu. Era reconfortante pensar que sua avó estava olhando por ela, mesmo que não estivesse mais fisicamente presente.

Dias se passaram após o funeral da avó de Isabella, e a jovem ainda estava se adaptando à nova realidade de sua vida. As lembranças e o vazio eram frequentemente avassaladores, mas ela estava determinada a encontrar maneiras de seguir em frente, assim como sua avó sempre a ensinara.

Uma manhã ensolarada, enquanto Isabella estava em seu quarto, seu telefone tocou. Ela pegou o aparelho e viu que era Maria, sua amiga que a havia convidado recentemente para uma tarde divertida. Isabella não a havia visto desde a morte de sua avó, mas a ligação de Maria trouxe um vislumbre de alegria em meio à tristeza.

– Oi, Isabella!– a voz alegre de Maria soou
pelo telefone. – Como você está? Sinto sua falta!
–

Isabella sorriu tristemente. – Oi, Maria.
Também sinto sua falta. Tenho passado por
momentos difíceis.–

Maria mostrou empatia e compreensão. – Eu
entendo, Isabella. Mas quero te fazer uma
proposta. Que tal você vir passar alguns dias na
minha casa? Sabe, para espairecer, esquecer um
pouco dos problemas e simplesmente relaxar.–

A ideia surpreendeu Isabella, mas ela
também se sentiu grata pela oferta. Ela ansiava
por uma mudança de cenário e pela companhia
de uma amiga que a apoiava.

– Isso soa maravilhoso, Maria– Isabella
respondeu sinceramente. – Mas eu não quero
ser um fardo para você e sua família.–

Maria riu suavemente. – Você nunca seria um
fardo, Isabella. Minha família adoraria te
receber, e eu também. Além disso, estou
precisando da sua companhia. Minha mãe disse

que você é uma ótima pessoa para se conversar.
—

Isabella sentiu-se emocionada pela gentileza de Maria e aceitou o convite com gratidão. Os dias seguintes foram preenchidos com momentos de alegria e descontração na casa de Maria. Elas assistiram a filmes, jogaram jogos de tabuleiro, riram e compartilharam histórias. Maria e sua família eram uma prova de que a amizade verdadeira podia superar qualquer obstáculo.

A visita de Maria ajudou Isabella a entender que, mesmo em meio à dor e à perda, havia momentos de alegria e apoio. Ela não estava sozinha em sua jornada de luto e recuperação. Maria continuou a ser uma amiga leal, oferecendo seu ombro para chorar e seu sorriso para compartilhar momentos felizes.

À medida que os dias se transformavam em semanas, Isabella começou a sentir uma nova sensação de esperança. A vida havia mudado drasticamente, mas ela estava determinada a lutar por dias melhores, honrando a memória de sua avó e valorizando as amizades que a sustentavam.

Isabella e Maria aproveitando a companhia uma da outra, encontrando conforto em sua amizade e descobrindo que, mesmo nas circunstâncias mais difíceis, a amizade genuína era uma luz que podia iluminar seus dias sombrios.

# Capítulo 10

# O DIA ESPERADO

Meses se passaram desde aquele dia de renovação em que Isabella tinha decidido lutar por dias melhores. O tempo voava, e ela se encontrava na contagem regressiva para o tão esperado intercâmbio. Os dias de incerteza e dor foram gradualmente substituídos pela esperança e entusiasmo.

No início da manhã, Isabella se encontrava em seu quarto, arrumando suas malas com cuidado meticuloso. Ela havia pesquisado tudo sobre seu destino, estudado a língua local e estava pronta para embarcar nessa aventura que significaria tanto para ela. O dia da partida estava se aproximando rapidamente, e a ansiedade a envolvia.

Sua tia, Maria, que tinha sido uma presença constante desde a tragédia que mudou suas vidas, estava sentada na sala de estar, folheando um álbum de fotos da família. Ela era uma mulher incrivelmente forte, com seus 42 anos, que havia enfrentado muitas adversidades na vida. Maria não só se tornou um porto seguro para Isabella, mas também uma verdadeira amiga e confidente.

Maria tinha decidido passar uma temporada com Isabella durante seu intercâmbio. As razões eram múltiplas. Primeiro, ela queria ter certeza de que Isabella teria todo o apoio necessário durante essa nova fase de sua vida. O vício da casa e a saudade de sua irmã eram pesos pesados para o coração jovem de Isabella, e Maria estava determinada a ajudá-la a superar esses desafios.

Além disso, Maria estava ansiosa para um recomeço em sua própria vida. Ela sabia que a rotina e a tristeza que pairavam em sua casa não eram saudáveis para ela. A partida de Isabella oferecia uma oportunidade para redescobrir a vida, reacender velhas paixões e buscar novos horizontes.

Maria se levantou da cadeira e caminhou até o quarto de Isabella. Ela a encontrou arrumando suas roupas, com um sorriso nervoso no rosto.

– Está quase na hora, querida– disse Maria suavemente. – Você está pronta para essa nova jornada?–

Isabella olhou para sua tia com gratidão nos olhos. – Sim, estou. E eu não poderia fazer isso sem você, tia Maria. Sua presença e apoio significam o mundo para mim.–

Maria segurou as mãos de Isabella e sorriu. – Nós duas precisamos desse novo começo. Vamos fazer disso uma experiência incrível, cheia de memórias felizes. E saiba que, não importa o que aconteça, sua irmã estará olhando por você lá de cima.–

Isabella assentiu, sentindo-se fortalecida pela determinação de sua tia. Juntas, elas enfrentariam os desafios que a vida tinha reservado, sabendo que o vínculo entre elas se tornaria ainda mais forte com o tempo. Com suas malas prontas e seus corações cheios de esperança, mãe e sobrinha partiriam para o desconhecido, prontas para um novo começo.la.

O dia de despedida finalmente chegou. Isabella estava cercada de caixas e malas, com um misto de emoções que pareciam dançar dentro dela. Ansiedade, empolgação e, claro, um toque de tristeza. Era difícil deixar para trás tudo o que era familiar, mas ela sabia que essa jornada era essencial para sua cura e crescimento.

Enquanto organizava seus pertences, a campainha tocou. Ela deixou uma camiseta meio dobrada de lado e correu para atender. Ao abrir a porta, foi recebida por Ana e sua mãe, Sofia. Isabella e sua família haviam sido um refúgio para Ana e sua mãe em tempos difíceis, e agora era a vez delas retribuírem o favor.

– Isabella!– Ana exclamou, abraçando-a com força. – Mal posso acreditar que você está prestes a embarcar nessa aventura incrível.–

Isabella retribuiu o abraço e sorriu. – Estou nervosa, mas muito animada. Não sei o que esperar, mas isso é parte da emoção, não é?–

Sofia, a mãe de Ana, se juntou ao abraço. Ela era uma mulher calorosa e acolhedora, que havia se tornado como uma segunda mãe para Isabella depois da perda de sua própria mãe.

– Sofia, obrigada por cuidar da casa enquanto estou fora– disse Isabella, com gratidão. – Significa muito para mim.–

Sofia sorriu gentilmente. – Querida, você sabe que estamos aqui para apoiar você. Esta casa é cheia de amor e memórias, e prometo que cuidaremos dela como se fosse nossa.–

Enquanto os três conversavam na sala de estar, Ana pegou uma pequena caixa embrulhada em papel de presente colorido e a entregou a Isabella.

– Um presente de despedida– Ana explicou. – Algo para lembrar de nós enquanto você estiver longe.–

Isabella abriu a caixa e revelou um belo colar de prata com um pingente em forma de coração. Era simples, mas elegante.

– É lindo– disse Isabella, tocando o colar com admiração. – Vou usá-lo com muito carinho. Obrigada, Ana.–

Ana sorriu e abraçou Isabella novamente. – Não se esqueça de nós, okay? E mantenha-nos atualizados sobre todas as suas aventuras lá fora. –

As despedidas foram emocionantes, mas Isabella sabia que era hora de seguir em frente. Ela deu um último abraço em Ana e Sofia antes de se dirigir para o carro que a levaria ao aeroporto.

À medida que o carro se afastava de sua casa e se aproximava do aeroporto, Isabella sentiu uma mistura de emoções. A jornada estava apenas começando, e ela estava cercada pelo apoio e amor de sua tia, sua amiga e sua mãe espiritual.

À medida que o carro se afastava de sua casa, Isabella olhou pela janela com lágrimas nos olhos. Sua cidade natal estava rapidamente se tornando uma miragem distante, um lugar cheio de memórias e momentos que moldaram quem ela era. Ela se sentia grata por tudo o que tinha vivido ali, mas também estava ansiosa para o que o futuro reservava.

Sua tia, Maria, percebeu as lágrimas nos olhos de Isabella e a abraçou com carinho. – Eu sei que não é fácil, querida– disse Maria suavemente. – Mas lembre-se de que sua avó estará sempre conosco, guiando-nos.–

Isabella assentiu, sentindo o calor do abraço de sua tia. Sua avó tinha sido uma presença constante em suas vidas, uma fonte de sabedoria e conforto. Elas compartilharam algumas histórias engraçadas e emocionantes sobre sua avó enquanto viajavam para o aeroporto. Era uma maneira de manter viva a memória dela.

Logo, chegaram ao aeroporto. O local estava repleto de pessoas com destinos diversos, todas imersas em suas próprias histórias e aventuras.

Isabella olhou para o enorme painel de voos e viu o dela listado como partindo para Madri, na Espanha. Era o início de uma nova vida, cheia de promessas e desafios.

Depois de passar pelos procedimentos de check-in e segurança, Isabella e Maria embarcaram no voo que as levaria a Madri. Era um voo longo, com quase 14 horas de duração, mas Isabella estava cheia de expectativas. Ela se acomodou em seu assento, ansiosa para aterrissar em uma terra estrangeira, mergulhar em uma nova cultura e fazer novas amizades.

Durante o voo, Isabella passou o tempo lendo um guia de viagem sobre a Espanha, aprendendo algumas frases em espanhol e imaginando todas as aventuras que a aguardavam. Maria, ao seu lado, olhava pela janela, perdida em seus próprios pensamentos e ansiosa para explorar este novo capítulo de suas vidas.

Finalmente, o avião começou a descer, e as luzes da cidade de Madri brilharam abaixo, como um mosaico de promessas e oportunidades. Isabella sentiu seu coração bater mais rápido à medida que o avião tocava o solo espanhol. Ela sabia que este era apenas o começo, e estava pronta para enfrentar tudo o que a Espanha tinha a oferecer. Com um sorriso no rosto, ela desembarcou, pronta para escrever o próximo capítulo de sua vida.

# Capítulo 11

# A JORNADA MUSICAL

A primeira semana de aulas de Isabella em Madri na Espanha foi emocionante e desafiadora. Ela estava matriculada na prestigiosa Escuela Superior Reina Sofía, uma instituição de renome internacional para músicos talentosos. Isabella sempre soube que sua paixão pela música a levaria a lugares incríveis, mas estar ali, no epicentro da música clássica e contemporânea, era uma experiência além de suas expectativas.

Logo no primeiro dia de aula, Isabella conheceu os outros nove estudantes brasileiros que também haviam sido escolhidos para estudar na Reina Sofía. Eles eram uma mistura diversificada de talentos musicais, desde violinistas virtuosos até pianistas prodigiosos, e cada um deles trazia uma história única e uma paixão ardente pela música.

O diretor da escola, um maestro de renome mundial, deu as boas-vindas a todos os estudantes em uma cerimônia de abertura. Ele destacou a importância da música como linguagem universal e elogiou a diversidade cultural que os estudantes brasileiros traziam para a escola. Eles eram, sem dúvida, as promessas da música nos próximos anos.

As aulas eram intensas e desafiadoras, abrangendo uma ampla gama de estilos musicais e técnicas. Isabella se viu imersa em um ambiente de aprendizado que a desafiava a cada momento, mas ela estava determinada a absorver todo o conhecimento que a escola tinha a oferecer.

Nas horas vagas, Isabella e seus colegas frequentemente se reuniam para praticar juntos, compartilhar músicas e experiências de vida. Eles se apoiavam mutuamente em seus altos e baixos, criando laços que eram tão harmoniosos quanto uma sinfonia bem executada.

À medida que os dias se transformavam em semanas, Isabella notou a sua própria evolução. Sua técnica estava se aprimorando, sua compreensão da teoria musical estava se aprofundando, e ela estava ganhando confiança em suas habilidades como violinista. Ela também se apaixonou pela cultura espanhola, explorando as ruas movimentadas de Madri, saboreando pratos deliciosos em restaurantes locais e aprendendo a língua com entusiasmo.

No entanto, a saudade de casa ainda estava presente. Ela mantinha contato regular com sua tia Maria, Ana e a mãe de Sofia, que sempre estavam lá para apoiá-la. As mensagens e videochamadas eram uma âncora que a lembrava de suas raízes e do amor que tinha deixado para trás no Brasil.

A jornada musical de Isabella estava apenas começando, mas ela estava determinada a trilhar esse caminho com paixão e dedicação. Na Escuela Superior Reina Sofía, ela encontrou um lar longe de casa e uma comunidade de músicos que compartilhavam sua visão e sua paixão pela música. Ela estava pronta para enfrentar os desafios que se aproximavam e escrever sua própria sinfonia de sucesso.

A notícia de que Isabella foi acompanhada por sua tia Maria durante sua viagem a Madri rapidamente se espalhou pela Escola Superior Reina Sofía. A escola estava impressionada com o forte vínculo familiar entre Isabella e Maria e com a determinação de Maria em apoiar a jornada de sua sobrinha. Foi então que surgiu a ideia de convidar Maria para ser a porta-voz dos nove alunos brasileiros que não tinham acompanhantes no país.

Maria ficou inicialmente surpresa com o convite, mas aceitou com gratidão. Ela viu isso como uma oportunidade de ajudar não apenas Isabella, mas também os outros alunos brasileiros que estavam longe de casa. Era uma maneira de retribuir a generosidade que haviam recebido quando Isabella e sua mãe espiritual, Sofia, eram a sua única família.

Sua nova função como porta-voz dos alunos brasileiros envolvia facilitar a comunicação entre eles e a escola, garantir que suas necessidades fossem atendidas e ser um ponto de apoio para qualquer questão que surgisse. Ela também se tornou uma figura maternal para os estudantes, que sentiam falta de suas próprias famílias no Brasil.

Com o tempo, Maria passou a conhecer cada um dos alunos e suas histórias pessoais. Ela visitou as residências onde eles estavam hospedados, garantindo que estivessem confortáveis e seguros. Maria também era uma presença constante nas reuniões escolares, ajudando a traduzir quando necessário e assegurando que todos estivessem bem cuidados.

À medida que os dias passavam, Maria notou que a tristeza que ocupava seu coração havia sido substituída por uma sensação de propósito. Ela se sentia útil e apreciada pelos alunos brasileiros, que a respeitavam e admiravam por seu apoio constante.

Para Maria, cada um dos nove alunos se tornou como um novo sobrinho. Ela os apoiava nas alegrias e desafios de sua jornada na

Espanha, e eles se voltavam para ela em busca de conselhos e conforto. O vazio que sentia desde a perda de sua irmã e a partida de Isabella estava sendo preenchido por esses jovens, que agora faziam parte de sua vida.

Maria percebeu que a vida tinha uma maneira enigmática de oferecer oportunidades inesperadas para encontrar significado e felicidade. Ela havia ganhado mais nove sobrinhos que a vida lhe ofereceu, e isso a fez sentir-se completa de uma maneira que ela nunca imaginou.

No coração de Madri, Maria estava desempenhando um papel essencial na jornada de crescimento e amadurecimento dos jovens músicos brasileiros. Ela abraçou essa nova fase de sua vida com a mesma determinação e amor que havia dado a Isabella, e sabia que estava exatamente onde deveria estar.

Maria mergulhou de cabeça em seu papel como apoio para os alunos brasileiros em Madri. Ela não apenas cuidava das questões acadêmicas e de adaptação, mas também se tornou uma figura maternal que estava presente em todos os aspectos de suas vidas. Isso incluía fazer compras, marcar consultas médicas, auxiliar com trâmites burocráticos e até mesmo ser uma ouvinte atenta quando os alunos precisavam desabafar.

A rotina de Maria era agitada. Ela acordava cedo para acompanhar os alunos em suas aulas e atividades extracurriculares. Durante o dia, ela estava disponível para qualquer necessidade que surgisse, seja um problema de saúde, uma dúvida sobre o idioma ou um simples passeio para conhecer a cidade. À noite, ela fazia chamadas para os familiares dos alunos no Brasil, mantendo-os informados sobre o progresso e o bem-estar de seus entes queridos.

A dedicação de Maria não passou despercebida pelos pais dos alunos. Eles ficaram profundamente gratos pela atenção e cuidado que ela proporcionava a seus filhos. Assim, o grupo de pais se reuniu e tomou uma decisão significativa: eles iriam pagar um salário a Maria para que ela pudesse continuar seu trabalho como acompanhante e mentora dos alunos brasileiros durante todo o período do intercâmbio.

Essa iniciativa proporcionou uma sensação de segurança tanto para os pais quanto para os alunos. Eles sabiam que Maria estava comprometida em estar presente e oferecer apoio constante, não importando as circunstâncias. Era um ato de confiança e apreço pelo seu trabalho incansável.

Maria aceitou a oferta dos pais com humildade e gratidão. Ela não via seu papel como um emprego, mas sim como uma missão pessoal para apoiar esses jovens talentosos em sua busca pela excelência musical. O salário era uma bênção que lhe permitia continuar fazendo o que amava e estar ao lado dos alunos que considerava como sua própria família.

Com o apoio dos pais e a determinação de Maria, o grupo de alunos brasileiros na Escuela Superior Reina Sofía floresceu. Eles não eram apenas promessas da música, mas também uma família unida e dedicada ao seu crescimento e sucesso. Enquanto continuavam a sua jornada musical na Espanha, sabiam que podiam contar com Maria, uma figura amorosa e comprometida que estava ali para orientá-los em cada passo do caminho.

# Capítulo 12

## CHAMADA INESPERADA

Era um tranquilo sábado em Madri, e Isabella e Maria estavam em casa, aproveitando um raro momento de descanso juntas. O sol brilhava suavemente pela janela, iluminando o ambiente acolhedor que haviam criado em sua nova residência na Espanha.

O telefone na sala de estar começou a tocar, e Maria rapidamente se aproximou para atender. Ela pegou o telefone e disse com um sorriso:

– Olá, Sofia, como você está?–

Sofia, a mãe de Ana e uma figura importante na vida de Isabella e Maria, estava do outro lado da linha. Ela tinha se tornado uma parte vital de sua família estendida e estava sempre presente nos momentos importantes.

– Maria, querida, estou bem. Como vocês estão aí em Madri?– Sofia perguntou com carinho.

Maria respondeu, explicando como estava indo a vida na Espanha e compartilhando os últimos acontecimentos, incluindo o progresso notável dos alunos brasileiros na Escola Superior Reina Sofía.

Sofia, no entanto, estava ansiosa para compartilhar uma notícia especial. – Maria, tenho uma surpresa para você e para Isabella. – Isabella foi convidada para representar a nossa cidade no concurso de Miss Brasil!–

Maria ficou em silêncio por um momento, surpresa e emocionada com a notícia. Ela olhou para Isabella, que tinha uma expressão de choque no rosto.

– Isabella, querida, você está ouvindo?– Maria chamou a sobrinha.

Isabella finalmente recuperou a voz. – Sim, estou aqui. Isso é... inacreditável!–

As duas mulheres conversaram mais sobre os planos e detalhes do concurso. Isabella ainda estava atônita com a notícia.

A notícia do convite para representar sua cidade no concurso de Miss Brasil ainda ecoava na mente de Isabella. Era uma oportunidade que a pegou de surpresa, mas também a encheu de empolgação. Não apenas porque poderia honrar a cidade que tanto amava, mas também porque isso significava que ela finalmente teria a chance de visitar o Brasil novamente.

Desde que se mudou para Madri e mergulhou em sua jornada musical na Escuela Superior Reina Sofía, haviam se passado seis meses desde a última vez que Isabella esteve em sua terra natal. Ela sentia falta da sua casa. A ideia de voltar para casa, mesmo que por um curto período, a enchia de alegria.

Entretanto, havia uma decisão importante a ser tomada. Aceitar o convite para o concurso de Miss Brasil significaria interromper temporariamente seus estudos e compromissos em Madri. Era uma decisão que Isabella precisava pesar cuidadosamente, considerando seu compromisso com a música e sua determinação em se destacar na escola.

Enquanto ela ponderava sobre isso, uma voz alegre surgiu ao fundo. Era Ana, sua querida amiga e confidente, que estava ansiosa para ouvir a decisão de Isabella. Quando Isabella explicou a situação e suas dúvidas, Ana respondeu com entusiasmo.

– Isabella, isso é uma oportunidade única! E o concurso é no dia do meu aniversário de 14 anos! Não há maneira melhor de comemorarmos juntas do que você vindo para o Brasil. Passaremos alguns dias incríveis, aproveitando as férias da escola e celebrando nosso aniversário!–

As palavras de Ana trouxeram um sorriso ao rosto de Isabella. A ideia de passar tempo com sua amiga querida e estar em casa para comemorar um momento especial era muito tentadora. Ela sabia que sua tia Maria a apoiaria, independentemente da decisão que tomasse.

Com o apoio de Ana e a perspectiva de celebrar seu aniversário juntas, Isabella começou a inclinar-se mais para aceitar o convite para o concurso. Ela sentia que era uma oportunidade única que não podia deixar passar. Além disso, era uma maneira de honrar sua mãe e sua cidade natal.

Assim, com o coração cheio de entusiasmo e gratidão, Isabella tomou sua decisão. Ela aceitaria o convite para representar sua cidade no concurso de Miss Brasil e aproveitaria essa oportunidade para voltar para casa, para o Brasil que ela tanto amava. Era o começo de uma nova etapa de sua incrível jornada, cheia de desafios, amizades e memórias que ela nunca esqueceria.

Com a decisão tomada, Isabella embarcou em um voo que a levaria de volta ao Brasil. Ela estava ansiosa para rever sua amiga Ana. O reencontro com Ana foi emocionante, e as duas amigas aproveitaram cada momento juntas durante os oito dias em que Isabella esteve no Brasil.

Os dias de descanso das aulas se transformaram em dias de intensa atividade. Isabella passou por uma maratona de provas de roupas e ensaios para o concurso de Miss Brasil. Ela se viu envolvida em um mundo de moda e beleza, algo completamente diferente de sua rotina musical em Madri. Era uma experiência única que a desafiava de maneiras diferentes.

O dia do concurso chegou, e Isabella estava nervosa e excitada. Ela pisou no palco com confiança, vestida em um elegante vestido de gala. À medida que desfilava, seu carisma e beleza natural encantavam a plateia e os jurados. Sua performance brilhante a levou a ser coroada como Miss Brasil, uma conquista que encheu seu coração de alegria e gratidão.

A notícia de sua vitória se espalhou rapidamente pelos jornais e mídia do país. Isabella se tornou a jovem mais bonita a ser coroada Miss Brasil nas últimas três décadas. A notícia gerou orgulho e emoção em sua cidade natal e em todo o Brasil. Ela se tornou uma inspiração para muitos jovens, demonstrando que a beleza podia ser acompanhada de inteligência, talento e determinação.

Mas a jornada de Isabella estava apenas começando. Sua coroação como Miss Brasil significava que ela representaria o país no prestigioso concurso Miss Mundo, que aconteceria na Itália no mês de novembro. Era uma oportunidade emocionante de representar o Brasil em uma competição internacional e compartilhar sua cultura e paixões com o mundo.

Isabella sabia que havia desafios pela frente, mas ela estava determinada a dar o seu melhor. Ela estava orgulhosa de representar sua cidade e seu país, honrando a memória de sua mãe e sua avó que sempre acreditaram nela. Com o apoio de Ana, sua tia Maria e sua nova família de amigos na Escuela Superior Reina Sofía, Isabella estava pronta para enfrentar o mundo e deixar sua marca como uma jovem talentosa e bela que também carregava consigo uma profunda paixão pela música e pelo Brasil.

Depois de sua vitória no concurso de Miss Brasil, Isabella teve a oportunidade de caminhar pelas ruas de sua cidade natal de uma maneira que nunca tinha experimentado antes. Ela não apenas se sentia mais confiante, mas também se sentia mais segura. As pessoas a reconheciam, a aplaudiam e a admiravam como Miss Brasil. Era uma sensação de orgulho e realização que ela compartilhava com sua amiga Ana, que estava ao seu lado durante toda a jornada.

Em um momento especial, Ana tomou delicadamente o véu que Isabella costumava usar e o retirou. Com um sorriso caloroso, ela disse: – Isabella, a partir de hoje, você não precisa mais do véu. Você é a Miss Brasil, e todos querem te admirar exatamente como você é, natural e bela.–

Isabella se sentiu emocionada com o gesto de Ana. O véu simbolizava um período de luto e reflexão em sua vida, e removê-lo foi como deixar para trás as tristezas do passado e abraçar um novo capítulo cheio de oportunidades e alegria.

Depois de alguns dias de celebração e despedidas emocionantes, Isabella e sua tia Maria embarcaram em um voo de volta para Madri. Durante a viagem de volta, Isabella se sentia leve e feliz. Ela olhava pela janela, contemplando as nuvens e pensando em todas as experiências que havia vivido nos últimos meses.

A vitória no concurso de Miss Brasil tinha trazido uma sensação de liberdade que ela nunca imaginou. Ela não apenas representaria seu país em uma competição internacional, mas também havia superado desafios pessoais e emocionais que a haviam moldado. Agora, ela se sentia mais forte, mais confiante e pronta para enfrentar o que o futuro lhe reservava.

Ao lado de sua tia Maria, que a apoiava incondicionalmente, Isabella sabia que estava no caminho certo. Ela tinha uma família amorosa, uma amiga incrível em Ana e um mundo de possibilidades à sua frente. A viagem de volta a Madri era como um retorno triunfante, e Isabella estava ansiosa para continuar sua jornada musical e representar o Brasil com orgulho no concurso Miss Mundo na Itália.

A vida de Isabella tinha se transformado de maneira extraordinária, e ela estava determinada a aproveitar cada momento dessa jornada incrível em busca de seus sonhos e paixões.

# Capítulo 13

# DE VOLTA

De volta a Madri após a emocionante jornada no Brasil, Isabella retomou suas aulas na Escuela Superior Reina Sofía com um coração repleto de felicidade e confiança. Sua tia Maria continuava seu trabalho como tutora temporária dos alunos brasileiros na escola de música, fornecendo o apoio essencial que eles precisavam para se adaptar à vida em Madri.

Isabella estava radiante por estar de volta à sua rotina. Em Madri, ela nunca havia se sentido rejeitada ou tratada de forma diferente por causa de sua origem brasileira ou aparência. Na escola de música, ela era uma aluna como todas as outras, e seu talento e dedicação eram reconhecidos por seus professores e colegas.

Ela tinha um grupo de amigas e amigos que a acolhiam calorosamente. Juntos, eles viviam a vida normal de jovens da sua idade, compartilhando risadas, histórias e experiências. Isabella estava cercada por um ambiente de apoio e amizade, algo que ela valorizava profundamente.

Um dos momentos mais especiais para Isabella foi a festa surpresa que seus amigos organizaram para comemorar seu 14º aniversário e sua vitória no concurso de Miss Brasil. Foi uma celebração cheia de alegria e carinho, onde Isabella se sentiu verdadeiramente amada e apoiada por sua comunidade de amigos.

Ela se destacava não apenas por sua beleza, mas também por sua paixão pela música e sua personalidade calorosa. Sua jornada desde a pequena cidade brasileira até os salões de uma prestigiosa escola de música em Madri a transformou em uma pessoa resiliente e inspiradora.

Enquanto retomava suas aulas e mergulhava em sua música, Isabella também começou a se preparar para representar o Brasil no concurso Miss Mundo na Itália. Ela estava determinada a dar o seu melhor e a mostrar ao mundo que a beleza poderia ser acompanhada de inteligência, talento e uma profunda conexão com sua cultura e raízes.

A vida de Isabella estava cheia de emoções, desafios e alegrias. Ela estava pronta para abraçar cada momento e continuar sua jornada em busca de seus sonhos, com a gratidão por sua família, sua tia Maria, sua amiga Ana e todos os amigos que a apoiavam ao seu lado.

A Escola Superior Reina Sofía estava repleta de talentosos músicos de todo o mundo, cada um trazendo consigo suas próprias experiências culturais e musicais. Um dia, o maestro da escola surpreendeu os alunos com uma notícia emocionante: eles haviam sido convidados para participar de um evento multicultural, onde teriam a oportunidade de representar seus países através da música.

A notícia rapidamente se espalhou entre os alunos, gerando empolgação e expectativa. Representar seus países em um evento multicultural era uma chance única de compartilhar suas raízes culturais e musicais com um público diversificado.

Isabella, sempre orgulhosa de suas raízes brasileiras, estava determinada a representar o Brasil de uma forma especial. Ela decidiu que gostaria de explorar um gênero musical que talvez não fosse tão esperado em um evento multicultural, mas que tinha uma pegada única: o rock brasileiro. E quem melhor para representar o espírito rock'n'roll do Brasil do que a lendária Rita Lee?

Isabella escolheu algumas músicas icônicas de Rita Lee para seu repertório, músicas que misturavam rock, pop e influências brasileiras de forma única. Ela estava animada com a ideia de mostrar ao mundo uma faceta diferente da música brasileira, uma que nem sempre era associada ao samba e à bossa nova, mas que também tinha um lugar especial no cenário musical do país.

Enquanto se preparava para sua performance, Isabella mergulhou na música de Rita Lee, estudando as letras, os arranjos e a energia crua do rock. Ela estava determinada a trazer autenticidade à sua interpretação e a transmitir a paixão e a atitude que caracterizavam as músicas escolhidas.

À medida que o evento multicultural se aproximava, Isabella e seus colegas de classe ensaiavam incansavelmente. Eles compartilharam suas culturas e experiências musicais, aprendendo uns com os outros e criando uma apresentação verdadeiramente única que celebraria a diversidade musical do mundo.

A oportunidade de representar o Brasil e o espírito do rock brasileiro era mais uma etapa emocionante na jornada musical de Isabella. Ela estava pronta para subir ao palco e mostrar ao mundo a força e a paixão da música brasileira, sabendo que, além de Miss Brasil, ela também era uma talentosa artista com muito a oferecer ao mundo da música.

O dia do evento multicultural finalmente chegou, e a Escola Superior Reina Sofía estava cheia de antecipação e excitação. Os alunos se reuniram nos bastidores, vestidos em trajes que representavam suas respectivas culturas e países de origem. Isabella estava pronta para representar o Brasil de uma forma única.

O momento de subir ao palco finalmente chegou. Isabella e seus colegas de classe subiram ao palco, e o público se preparou para uma noite de música e celebração da diversidade cultural. O som da primeira nota de guitarra ecoou no teatro, e Isabella começou a cantar as músicas enérgicas de Rita Lee.

Sua voz ressoava com paixão, e sua performance transmitia o espírito do rock brasileiro de uma maneira que cativava a plateia. O público estava encantado com a energia e a autenticidade de sua apresentação, e a música de Rita Lee ganhou vida sob os holofotes.

À medida que o evento continuava, os alunos representando seus países também brilharam no palco, compartilhando sua cultura e música de maneiras únicas e emocionantes. O evento multicultural foi um sucesso, unindo pessoas de diferentes origens em uma celebração da música e da diversidade.

Após a apresentação, Isabella foi calorosamente aplaudida e parabenizada por seus colegas e professores. Ela estava feliz por ter tido a oportunidade de representar o Brasil e mostrar ao mundo uma faceta diferente da música brasileira.

Enquanto refletia sobre a noite, Isabella sabia que sua jornada musical estava repleta de surpresas e oportunidades emocionantes. Ela continuaria a explorar sua paixão pela música e a compartilhar sua cultura brasileira com o mundo, sabendo que sua música tinha o poder de unir pessoas e transcender fronteiras.

# Capítulo 14

# A VIDA DE MARIA

A vida de Maria em Madri estava se transformando de maneira surpreendente. Cada dia que passava, ela se sentia mais confiante em seu novo lar, onde havia estabelecido uma vida significativa como tutora de estudantes brasileiros na Escola Superior Reina Sofía. Ela falava espanhol desde criança, o que a ajudava a se adaptar com facilidade, e seu inglês avançado também abria portas para oportunidades diversas.

Um dia, depois de Isabella voltar da escola, Maria chamou a sobrinha para uma conversa importante. Ela queria compartilhar uma decisão que vinha ponderando e que poderia afetar o futuro de ambas.

– Bella,– começou Maria, – decidi tomar uma decisão que pode mudar nossas vidas. Gostaria de saber o que você pensa a respeito. Estou pensando em alugar nossa casa no Brasil e vivermos aqui, em Madri.–

A notícia pegou Isabella de surpresa, e ela ponderou sobre a ideia por um momento antes de responder. – Isso é uma grande mudança, tia Maria. Mas eu entendo suas razões. Você poderia continuar fazendo o que faz, auxiliando outros grupos de estudantes brasileiros que vêm para Madri, e eu poderia continuar meus estudos aqui. Parece uma oportunidade para o meu futuro.–

Maria assentiu, apreciando a compreensão de Isabella. – Exatamente, Bella. Além disso, estaríamos mais próximas da sua escola e da Escola Superior Reina Sofía, o que facilitaria muito as coisas para nós. No entanto, quero que saiba que essa decisão também depende muito do que você deseja. Estou disposta a apoiar seus sonhos e ambições.–

Isabella sorriu, sentindo-se grata pela consideração de sua tia. – Tia Maria, eu adoro Madri, meus amigos, minha escola e a música. Acho que isso pode ser uma oportunidade emocionante para nós. Vamos enfrentar novos desafios juntas, como sempre fizemos.–

Maria abraçou Isabella com carinho. – Assim espero, Bella. Vamos começar a explorar as possibilidades e ver como podemos tornar isso realidade. O importante é que estejamos juntas e felizes, não importa onde estejamos.–

Isabella pegou o telefone com entusiasmo para compartilhar a notícia com sua amiga Ana. Elas estavam compartilhado seus sonhos e desafios, e essa decisão que estava sendo tomada era algo que Ana precisava saber.

– Ana, você não vai acreditar na novidade!– Isabella exclamou animada.

Ana, curiosa, respondeu do outro lado da linha. – Conte-me tudo, Bella. Estou morrendo de curiosidade!–

Isabella então compartilhou a conversa que teve com sua tia Maria sobre a ideia de alugar a casa no Brasil e viver em Madri. Ela explicou como isso poderia ser uma oportunidade para o futuro delas, especialmente para sua própria educação musical e sua vida na Espanha.

Ana ouviu atentamente e, após um momento de reflexão, fez uma pergunta que surpreendeu Isabella. – Isabella, você acha que sua tia me aceitaria na casa de vocês? Meu pai está curado agora, e ele me perguntou outro dia se eu não me interessaria em estudar fora. Pensei em terminar meu ensino médio em outro país.–

Isabella ficou emocionada com a ideia de Ana se juntar a elas em Madri. Ela respondeu com entusiasmo: – Ana, eu adoraria que você viesse para cá! Sua presença seria incrível, e tenho certeza de que minha tia Maria ficaria feliz em nos receber. Além disso, seria ótimo para nós duas continuarmos nossos estudos juntas.–

Ana ficou radiante com a resposta de Isabella. – Isso é maravilhoso, Bella! Vou falar com meu pai sobre a ideia e ver se podemos tornar isso realidade. Seria incrível continuar nossa jornada juntas.–

Com a possibilidade de Ana se juntar a elas em Madri, o futuro de Isabella e sua tia Maria estava se tornando ainda mais emocionante. A decisão de viver em Madri e continuar a explorar suas paixões musicais estava começando a se transformar em uma experiência compartilhada com a pessoa mais próxima de Isabella, sua amiga.

Isabella estava animada para compartilhar a notícia com sua tia Maria sobre a decisão de Ana de considerar um intercâmbio e estudar em Madri. Ela sentia que essa oportunidade não apenas fortaleceria sua amizade, mas também enriqueceria a experiência delas na Espanha.

Dias depois de contar a Maria, o telefone tocou em sua casa em Madri. Era o pai e a mãe de Ana, que queriam falar com Maria. Maria atendeu a ligação com curiosidade, sem imaginar o que estava prestes a ouvir.

– Maria,– disse o pai de Ana, – queremos discutir algo importante com você. Como você sabe, não temos familiares em Madri, e gostaríamos de garantir que Ana esteja em boas mãos enquanto ela estuda no exterior.–

Maria ouviu atentamente, sem saber o que estava por vir.

A mãe de Ana continuou: – Estivemos pensando e discutindo com Ana sobre a possibilidade de ela viver com você e Isabella durante seu intercâmbio. Sabemos que vocês são pessoas de confiança, e isso nos traria muita paz de espírito.–

Maria ficou surpresa e tocada pela proposta. Ela considerou a responsabilidade adicional que isso implicaria, mas também viu a oportunidade de oferecer um ambiente acolhedor e estável para Ana.

O pai de Ana continuou: – Para garantir que vocês não sejam sobrecarregadas financeiramente, estamos dispostos a pagar metade do aluguel de sua nova casa, de modo que Ana possa viver com pessoas em quem confiamos plenamente.–

Maria sentiu uma gratidão profunda pela confiança que os pais de Ana depositavam nela e em Isabella. Ela respondeu com sinceridade: – É uma proposta generosa e tocante. Vou conversar com Isabella sobre isso e ver como nos organizamos para receber Ana em nossa casa.–

Os pais de Ana agradeceram e expressaram sua esperança de que tudo pudesse ser resolvido. Eles estavam determinados a apoiar a ambição de sua filha e, ao mesmo tempo, garantir que ela estivesse em um ambiente seguro e acolhedor durante seu intercâmbio.

Quando a ligação terminou, Maria compartilhou a notícia com Isabella, e as duas começaram a planejar a chegada de Ana. A nova casa em Madri estava prestes a se tornar um lar acolhedor não apenas para Isabella e Maria, mas também para sua querida amiga Ana.

Isabella e Maria estavam emocionadas com a proposta feita pelos pais de Ana. Era mais do que uma simples oferta de apoio financeiro; era uma demonstração de confiança em sua capacidade de cuidar de Ana e proporcionar a ela um ambiente seguro e acolhedor em Madri.

Após a ligação, Maria compartilhou a notícia com Isabella, e as duas começaram a planejar a chegada de Ana. Elas sabiam que essa decisão traria mudanças em suas vidas, mas estavam dispostas a enfrentar os desafios que surgiriam. Afinal, eles eram uma família improvável, mas uma família de coração.

As semanas que se seguiram foram preenchidas com preparativos. Uma nova casa foi encontrada, que seria um lar para as três: Maria, Isabella e agora Ana. Elas estavam ansiosas para criar um ambiente onde Ana pudesse se sentir bem-vinda e parte da família.

A generosidade dos pais de Ana não apenas permitiria que ela estudasse em Madri, mas também fortaleceria os laços de amizade entre as três . Isabella, Maria e Ana estavam prontas para enfrentar esse novo capítulo juntas, com amor, apoio mútuo e a determinação de buscar seus sonhos.

# Capítulo 15

# PESADELOS

A noite antes da chegada de Ana era repleta de expectativas para Isabella. Ela mal conseguia conter sua empolgação enquanto se preparava para receber sua amiga. Mas, à medida que a escuridão da noite avançava e a ansiedade tomava conta, Isabella começou a ter sonhos inquietantes que a levaram de volta ao seu passado no Brasil.

Em seus pesadelos, ela se via novamente em seu antigo colégio, cercada por rostos familiares e, ao mesmo tempo, ameaçadores. As lembranças de sua infância e os momentos difíceis que enfrentou em sua cidade natal a assombraram. As alunas que costumavam fazer bullying com ela e a excluíam voltaram à sua mente em uma visão sombria.

Os pesadelos eram vívidos e angustiantes. Isabella se via incapaz de escapar da hostilidade das alunas que a cercavam, e o sentimento de isolamento e rejeição voltava com força total.

Ela acordou em meio a lágrimas e soluços, o coração batendo descontroladamente. O quarto escuro de Madri estava longe de sua cidade natal no Brasil, mas os fantasmas de seu passado pareciam ter encontrado um caminho até ela durante a noite.

Maria, preocupada, entrou no quarto de Isabella e acendeu a luz suavemente. – Isabella, o que aconteceu? Você teve um pesadelo terrível?–

Isabella, ainda abalada pelo sonho, assentiu com a cabeça, incapaz de encontrar as palavras para descrever a intensidade de suas emoções.

Maria sentou-se ao lado dela e acariciou seu cabelo com carinho. – Você está segura aqui, querida. Lembre-se de que esses são apenas pesadelos. Você não está mais naquele lugar e não precisa enfrentar esses sentimentos sozinha. —

As palavras de Maria trouxeram um pouco de consolo para Isabella, que se esforçava para acalmar seu coração acelerado. Ela sabia que estava em um lugar melhor agora, rodeada por pessoas que a amavam e apoiavam. A chegada de Ana era uma prova disso.

Enquanto Isabella recuperava sua compostura, Maria permaneceu a seu lado, oferecendo conforto e apoio.

Isabella tentou voltar a dormir após a perturbadora experiência de seu primeiro pesadelo, mas a agonia que a atormentava persistia. Assim que fechou os olhos, a escuridão de seus pesadelos a engoliu mais uma vez. Ela estava de volta àquele colégio antigo, cercada por rostos hostis e pelas lembranças dolorosas de seu passado.

Os pesadelos continuaram com intensidade, e Isabella acordou mais uma vez, desta vez com o coração batendo forte e o suor cobrindo seu corpo. Ela olhou para o rosto preocupado de sua tia Maria, que estava ao lado de sua cama.

– Isabella, o que está acontecendo? Você teve outro pesadelo terrível– disse Maria com preocupação em sua voz.

Isabella se sentou na cama, abraçando os joelhos. A dor de seus sonhos parecia tão real quanto a própria vida, e agora a preocupação de Maria só aumentava sua angústia.

– Tia Maria, eu... eu não sei o que está acontecendo– Isabella começou a falar com hesitação. – Os pesadelos... eles me levam de volta ao passado. Eu... eu pensei que havia superado tudo, mas agora eles voltaram.–

Maria sentou-se ao lado de Isabella, preocupação evidente em seu rosto. – Querida, você não precisa enfrentar isso sozinha. Falar sobre seus sentimentos e medos pode ser um primeiro passo importante para superá-los.–

Isabella olhou nos olhos de sua tia com gratidão por seu apoio inabalável. Ela finalmente desabafou, compartilhando as memórias dolorosas e os traumas que a assombravam nos pesadelos recorrentes. Ela explicou como sua chegada iminente de Ana estava causando uma ansiedade não resolvida.

Maria a abraçou com carinho. – Isabella, você não está sozinha. Estamos aqui para apoiá-la, e a chegada de Ana é um sinal de novas oportunidades e amizades. Conversaremos sobre isso juntas, e encontraremos maneiras de superar esses pesadelos e medos.–

As palavras de Maria trouxeram um pouco de conforto a Isabella, que sabia que tinha uma rede de apoio sólida ao seu redor. A noite continuou, e as duas compartilharam histórias, conversas e conforto, lembrando-se de que o amor e o apoio da família eram essenciais para superar os desafios da vida.

A escuridão dos pesadelos ainda pairava, mas com sua tia ao seu lado, Isabella começou a acreditar que havia uma luz ao fim do túnel, uma esperança de que ela poderia finalmente superar seu passado e abraçar o futuro com confiança e coragem.

À medida que a noite avançava, Isabella tentou voltar a dormir mais uma vez. Ela sabia que enfrentaria outra batalha com seus pesadelos, mas agora, com a compreensão e o apoio de sua tia Maria, ela estava determinada a superá-los.

Maria permaneceu ao seu lado, segurando sua mão e oferecendo conforto. Às vezes, as palavras não eram necessárias; a presença e o amor de Maria eram suficientes para acalmar o coração perturbado de Isabella.

Infelizmente, os pesadelos persistiram, mas, desta vez, Isabella não estava sozinha em sua luta. Maria estava lá para apoiá-la, para ser o porto seguro em meio à tempestade de lembranças dolorosas. Ela sabia que superar seu passado e os medos que o acompanhavam não seria fácil, mas estava determinada a ajudar Isabella a encontrar a paz.

A noite finalmente deu lugar ao amanhecer, e a luz do dia começou a penetrar pela janela. Maria permaneceu ao lado de Isabella durante toda a noite, e a expressão de preocupação em seu rosto deu lugar a uma determinação renovada.

– Vamos enfrentar isso juntas, Bella– Maria disse com gentileza. – Com amor, apoio e paciência, superaremos esses pesadelos e qualquer obstáculo que a vida nos apresentar.–

Isabella sorriu com gratidão. Ela sabia que a estrada à frente seria desafiadora, mas com sua tia ao seu lado e a chegada iminente de Ana, ela estava pronta para enfrentar o futuro com coragem e esperança.

Os pesadelos do passado poderiam persistir, mas Isabella estava determinada a transformá-los em memórias distantes. Ela estava pronta para abraçar um novo dia e todas as possibilidades que ele trazia, sabendo que estava cercada por amor e apoio inabaláveis.

# Capítulo 16

# ESPERANDO ANA

O aeroporto de Madri estava agitado naquela manhã ensolarada. Isabella e Maria esperavam ansiosamente a chegada de Ana, mas a espera estava se tornando mais longa do que o esperado. O voo de Ana estava marcado como atrasado, e a incerteza começava a tomar conta delas.

Isabella estava especialmente ansiosa. A noite anterior havia sido difícil, com os pesadelos que a assombraram. Ela havia dormido pouco e acordado várias vezes, preocupada com a chegada de sua amiga. A combinação de ansiedade e falta de sono a deixava exausta, mas ela estava determinada a recepcionar Ana com um sorriso caloroso.

Maria percebeu a tensão em Isabella e colocou a mão suavemente em seu ombro. – Bella, eu sei que você está preocupada com a Ana, mas lembre-se de que os voos podem atrasar por diversos motivos. Ela logo estará aqui, segura e pronta para começar essa nova fase conosco.–

Isabella assentiu, tentando acalmar seus nervos. Ela sabia que Maria estava certa, mas a ansiedade ainda pesava em seu coração.

À medida que o tempo passava, elas observavam as telas de informações de voos, esperando ver o status do voo de Ana mudar de – atrasado–  para – chegou– . Cada anúncio de chegada era seguido por um suspiro de alívio, mas não era o voo de Ana.

As horas de espera no aeroporto de Madri pareciam intermináveis. A preocupação estava claramente estampada nos rostos de Isabella e Maria enquanto o voo de Ana continuava atrasado. Maria, sentindo que algo estava errado, decidiu procurar informações.

Ela se aproximou do balcão de informações e explicou a situação, perguntando sobre o voo de Ana. Mas ao chegar lá, ela teve uma surpresa desagradável: o número do voo de Ana havia desaparecido do painel de informações.

Pânico se espalhou por Maria enquanto ela tentava obter informações sobre o paradeiro de Ana. Ela sabia que a família de Ana também devia estar preocupada, e a incerteza estava começando a se tornar insuportável.

Enquanto Maria corria de um lado para o outro buscando informações, Isabella sentou-se no chão, incapaz de conter suas lágrimas. Seus pesadelos anteriores e a ansiedade pela chegada de Ana agora se transformavam em um medo terrível.

– Tia Maria, eu sonhei... eu sonhei... – soluçou Isabella entre lágrimas.

Maria se ajoelhou ao lado de sua sobrinha e tentou acalmar seus soluços. – Calma, Bella. Vai

ficar tudo bem. Vamos descobrir o que está
acontecendo.–

Nesse momento, um telão no meio do
aeroporto chamou a atenção de todos. Um aviso
de emergência foi exibido, capturando a atenção
de todos no terminal.

– O voo 4501, vindo do Brasil para Madri,
perdeu conexão com nossa base. Em breve
traremos novidades sobre o voo e seus
passageiros.–

O aviso ecoou no aeroporto, deixando Maria
e Isabella em choque. O temor que rondava seus
corações agora estava se tornando realidade.
Ana estava em um voo que havia perdido a
comunicação com a base. O desespero tomou
conta delas, e tudo o que podiam fazer era
esperar por notícias, com os corações cheios de
medo pelo destino de sua querida amiga.

O aeroporto que antes estava cheio de
expectativas e alegria pela chegada de Ana agora
se transformava em um lugar de angústia e
incerteza. As horas que se seguiram seriam as
mais longas e angustiantes que Isabella e Maria

já haviam enfrentado, enquanto aguardavam notícias que poderiam mudar suas vidas para sempre.

O aviso sobre o voo 4501 deixou Isabella e Maria em um estado de ansiedade e temor. O aeroporto que antes estava cheio de expectativas e alegria pela chegada de Ana agora se transformava em um lugar de angústia e incerteza. As horas que se seguiram foram as mais longas e angustiantes que Isabella e Maria já haviam enfrentado, enquanto aguardavam notícias que poderiam mudar suas vidas para sempre.

Outro aviso ecoou pelo aeroporto, pedindo aos familiares dos passageiros que se dirigissem até a plataforma 5, onde receberiam informações atualizadas. Isabella e Maria não perderam tempo e se apressaram em direção à plataforma, seus corações batendo com uma mistura de esperança e medo.

No entanto, a plataforma estava lotada de familiares de outros passageiros, todos com expressões de preocupação e incerteza. Isabella e Maria se juntaram à multidão, ansiosas para obter informações sobre o paradeiro de Ana.

À medida que o tempo passava, a ansiedade só aumentava. As conversas na plataforma eram sussurros de preocupação, e as lágrimas eram visíveis em muitos rostos. Cada minuto que passava parecia uma eternidade, e o silêncio predominava enquanto todos aguardavam ansiosamente.

Finalmente, um representante da companhia aérea subiu ao pódio na plataforma 5. Sua voz, ao anunciar as notícias, estava carregada de seriedade e preocupação.

– Senhoras e senhores, agradecemos sua paciência neste momento difícil. Estamos fazendo todo o possível para obter informações sobre o voo 4501 e seus passageiros. Pedimos que continuem esperando aqui na plataforma, onde serão atualizados assim que tivermos novidades.–

As palavras do representante trouxeram um suspiro coletivo de apreensão. Isabella e Maria permaneceram juntas, apoiando-se mutuamente, enquanto esperavam por notícias que poderiam trazer alívio ou angústia.

O tempo passava lentamente, e a espera parecia insuportável. O destino de Ana era agora uma incógnita, e as vidas de Isabella e Maria estavam suspensas em um momento de incerteza profunda. Enquanto a plataforma 5 estava repleta de pessoas preocupadas, o futuro de todos estava nas mãos das informações que seriam fornecidas em breve.

A incerteza pairava no ar, tornando cada segundo mais insuportável do que o anterior. Isabella e Maria permaneciam lado a lado, apoiando-se mutuamente enquanto esperavam por qualquer atualização sobre Ana.

A tensão era palpável quando Maria decidiu fazer uma ligação para a mãe de Ana para informar que o voo ainda não havia chegado. O telefone tocou várias vezes antes de ser atendido, mas para sua surpresa, quem respondeu não foi a mãe de Ana, mas o pai da amiga.

A voz do pai de Ana estava trêmula e carregada de emoção quando ele disse: – Alô?–

Maria sentiu um aperto no peito ao ouvir a voz angustiada de um pai preocupado. Ela tentou manter a calma enquanto respondia: – Olá, aqui é Maria, tia de Isabella. Estamos aqui no aeroporto, e o voo de Ana está atrasado. Estamos preocupadas e queríamos informar vocês.–

Do outro lado da linha, o pai de Ana fez uma pausa antes de falar. Sua voz estava embargada quando ele disse: – Maria, nós também estamos preocupados. Não recebemos notícias de Ana desde o horário do voo. Estamos esperando em casa, desesperados por qualquer informação.–

As palavras do pai de Ana causaram um nó no estômago de Maria. Ela não sabia o que dizer para acalmá-lo, pois a preocupação deles era compartilhada.

– Estamos todos aqui esperando por notícias – respondeu Maria com sinceridade. – Vamos continuar aguardando informações da

companhia aérea. Por favor, mantenha-se forte.
—

A ligação terminou com um silêncio pesado do outro lado da linha. Maria desligou o telefone e olhou para Isabella, compartilhando a angústia e a incerteza que agora pairavam sobre eles.

Enquanto a espera continuava na plataforma 5, a preocupação pela segurança de Ana e dos outros passageiros do voo 4501 se tornava cada vez mais avassaladora. Cada minuto que passava era uma eternidade, e eles não tinham escolha senão aguardar ansiosamente por notícias que poderiam mudar suas vidas para sempre.

O silêncio na plataforma 5 foi rompido pelo anúncio sombrio que ecoou pelos alto-falantes do aeroporto. As palavras do representante da companhia aérea pesaram como uma âncora no coração de todos os presentes.

– Senhoras e senhores, acabamos de receber informações do nosso escritório no Brasil– o representante começou, mas sua voz estava pesada de tristeza e pesar. – É com muito pesar que... –

Ele fez uma pausa, permitindo que a tensão na plataforma aumentasse. Todos os olhos estavam fixos no pódio, esperando pelas próximas palavras, embora temessem o que estava por vir.

– ...o nosso voo 4501 caiu– continuou o representante, e suas palavras ecoaram em um silêncio sepulcral. – Até o momento, não temos notícias se existem sobreviventes.–

As palavras caíram como uma bomba na multidão. Gritos de desespero, lágrimas e soluços romperam o silêncio enquanto a notícia devastadora se espalhava entre os familiares e amigos dos passageiros do voo. Corações foram partidos, e a dor da incerteza se transformou em uma tristeza inexprimível.

Isabella e Maria olharam uma para a outra, seus olhos cheios de lágrimas. A notícia atingiu-as com uma força avassaladora. Ana, sua querida amiga, estava a bordo daquele voo.

Em meio à dor e à confusão que se seguiu, Isabella e Maria se abraçaram, buscando consolo uma na outra. A plataforma 5 se tornou um lugar de luto, onde famílias e amigos compartilhavam o fardo da tragédia.

A espera angustiante havia terminado, mas o que se seguiu era uma jornada de tristeza e dor que ninguém estava preparado para enfrentar. Ana, e todos os outros passageiros do voo 4501, agora estavam nas memórias daqueles que os amavam, e a vida de Isabella e Maria havia mudado irrevogavelmente naquele dia sombrio.

O aeroporto, uma vez cheio de esperanças e expectativas, agora estava mergulhado em tristeza e luto. A notícia devastadora de que o voo 4501 havia caído, com incertezas sobre a sobrevivência dos passageiros, pesava no coração de todos ali presentes.

Isabella e Maria, incapazes de suportar o peso da tragédia por mais tempo na plataforma, voltaram para casa em silêncio. O caminho de volta foi percorrido em um estado de choque e dor indescritíveis. Isabella estava muda, sem encontrar palavras para expressar sua tristeza e desespero.

Ao chegarem em casa, Isabella e Maria decidiram ligar para a família de Ana. O telefone tocou, e o coração delas batia com uma tristeza profunda enquanto esperavam por uma resposta do outro lado da linha. Para sua surpresa, o pai de Ana atendeu o telefone, mas sua voz estava embargada de choro.

A ligação foi marcada por um silêncio pesado. Não havia palavras que pudessem aliviar a dor que todos estavam sentindo naquele momento. Maria, com os olhos cheios de lágrimas, começou a rezar em silêncio, buscando forças para enfrentar a terrível realidade que agora se apresentava.

As palavras pareciam inadequadas diante da magnitude da tragédia. Isabella, ainda atordoada pela notícia, permanecia em silêncio, sentindo-se impotente diante do destino cruel que havia apanhado sua querida amiga Ana.

A vida de Isabella e Maria havia mudado irrevogavelmente naquele dia sombrio. Agora, eles enfrentariam o desafio de enfrentar a dor do luto e o vazio deixado pela perda de Ana. A jornada que se seguia seria marcada por tristeza

e saudade, e a lembrança de Ana viveria
eternamente em seus corações.

**Fim.**

# Sobre a autora

Sandra de Souza Camilo é uma brasileira natural de São Paulo, nascida sob o signo de Câncer. Além de ser uma produtora cultural renomada, ela também é reconhecida como autora, atriz e cosplayer. Sua paixão pela vida e pela família é evidente, assim como sua devoção pelas deliciosas receitas criadas por seu filho, Miguel Ricardo Camilo. Sandra tem o dom de expressar suas palavras de maneira reconfortante, capaz de tocar o coração e guiar a alma. Ela demonstra profundo agradecimento pela vida e pela capacidade de perceber e ouvir os outros. Três palavras que a definem: disciplina sem limites.

Sandra de Souza Camilo é graduada em Arte Dramática, Publicidade e Audiovisual, áreas que refletem sua paixão pelo mundo artístico e criativo. Sua trajetória profissional é marcada por conquistas significativas e sua abordagem única de conectar disciplina e liberdade é um testemunho de sua abordagem singular à vida.